écriture　新人作家・杉浦李奈の推論 X

怪談一夜草紙の謎

松岡圭祐

角川文庫
23859

目次

écriture　新人作家・杉浦李奈の推論X　5
怪談一夜草紙の謎
解説　千街晶之　286

1

　もうすぐ二十五になる杉浦李奈《すぎうらりな》は、駅前の三十階建てマンション、ステーションタワー阿佐谷《あさがや》レジデンスに引っ越した。

　年齢にかけたわけではないが、二十五階の2507号室、角部屋を借りた。間取りは2LDKで、前に住んでいた中杉《なかすぎ》通り沿いの低層マンションより、総床面積が広くなっている。ただし靴脱ぎ場と玄関ホールが妙に広めなのが困惑する。そこだけのスペースで都心なら充分に、ワンルーム賃貸物件として成立しそうだ。つまり無駄な空間に思えなくもない。部屋にかぎれば、広さは前とそんなに変わらなかった。

　それでも窓から見渡せる眺望は素晴らしい。秋の透き通るような陽射しの下、地平線の彼方《かなた》までつづく市街地は、微細な幾何学模様を刻む絨毯《じゅうたん》のようだった。

　窓辺には値段高めの木製デスクを据えてある。李奈は歩み寄ると机の表面をそっと撫《な》でた。掃除をしたのちはこんな動作が癖になっている。本棚に整然と並ぶ文芸書の背にも、上から下まで目を通す。うっとりとしながらため息を漏らした。夢にまで見た理想の暮らし。本当に夢だとしたら覚めないでほしい。

インターホンの呼びだし音が鳴った。書斎から寝室を経て、LDKへ向かう動線の長さを、しばし楽しむ。李奈はキッチンにある親機のボタンを押した。「はい」

同い年の小説家、那覇《なは》優佳《ゆうか》の声が、妙に陰気なトーンで告げてきた。「開けてよ」

エントランスのオートロックを解除しようとして、ふと手がとまる。画面表示の背景がエントランス前ではなく、マンションの内通路だった。李奈はきいた。「もう上へ来てるの？」

「デリバリーの人が入っていったから一緒に。いいから開けて」

戸惑いを覚えつつ李奈は玄関へ急いだ。解錠すると、優佳はゆっくりとドアを開け、なかに入ってきた。よそ行きの派手な柄ものワンピースと、明るく染めた巻き髪とは対照的に、暗く沈んだ表情が浮かぶ。視線を落としたまま靴を脱ぎ、優佳はフローリングの床にあがった。黙ってLDKへと向かっていく。

李奈は追いかけながらたずねた。「なにか飲む？」

けれども優佳は顔をあげなかった。リビングルームのテーブルには、李奈のノートパソコンがだしっぱなしになっている。優佳は立ちどまると、ささやくようにいった。

「何度来てもいい部屋。だけどいまの李奈ならタワマンも買えるでしょ」

「……ここでも贅沢《ぜいたく》すぎるぐらいだから」

「なんで阿佐谷に留《とど》まってるの？　もっと都心寄りに引っ越したら？」

「住み慣れてるし。とりあえず世間にバレた住所じゃなくなれば、駅近辺を離れる必要はないかなって」

「そう」優佳は深く長いため息をついた。「もう大作家だもんね、李奈は。全国どこへ行っても『十六夜月』の題名を知らない人はいないし」

いっそう当惑が深まる。李奈は笑ってみせた。「さすがに重版のお知らせも途絶えてきたし、そのうち忘れ去られるかも」

「またぁ」優佳は悲嘆と不満の入り交じった面持ちだった。「李奈は遠くへ行っちゃった。わたしとは住む世界がちがう」

「ちょっと、優佳……。どうしたの？」李奈は距離を詰めようとした。

ところが優佳は身を退かせた。「触んないでよ。わたしなんかに触ると〝売れない菌〟がうつる」

「〝売れない菌〟って？」

「またそうやって見下す」

「なにが？　優佳、身体のぐあいでも悪いの？　熱があるとか」李奈は優佳の額に手を伸ばした。

優佳はあわてぎみに躱《かわ》した。だがその素早さに比べ、どんよりと沈んだままの表情が、なんとなく不自然に思える。

はは－ん、と李奈は察した。この憂鬱《ゆううつ》ぶりは芝居か。嫉妬《しっと》深そうな物言いも、考えてみればわざとらしい。これは逆に吉報があったとみるべきだ。

李奈はしばらく演技につきあうことにした。さも深刻そうに李奈は語りかけた。

「友達でしょ。悩みがあるなら話して」

「あー、やだやだ。超ベストセラー作家の上から目線。道民の〝北から目線〟より底意地が悪い」

「ちょっとなにいってるかわかんない」

「なんでわかんない？　李奈はチャンスにも才能にも恵まれてた。大成功したとたん、伸び悩む個人事業主の苦しみなんて、まるっきり忘却の彼方ってわけ」

「どうしてそんなダル絡みしてくるの？　優佳らしくもない」

「変わったね、李奈。前はそんな子じゃなかった」

「どんな子だったっていうの」

「前は……そういう、デコラ襟のブラウスとか着なかった」

　李奈は吹きだしそうになった。「デコラ襟のブラウス……」

　優佳も笑いを堪《こら》えながら目を泳がせている。いちおうまだ硬い顔を維持しつつ、優佳は吐き捨てた。「金を湯水のように使ってる」

「ブラウスぐらいでそんなこといわれる筋合いは……」

「そんなヒラヒラ、節約に生きてたころには無駄だと思ってたでしょ」優佳はかろうじて仏頂面を維持した。「お互い芽のでない新人作家として励ましあってきたのに、あのころの李奈はどこへ行ったの」

　李奈はスマホを手にとった。「わかった。KADOKAWAの菊池《きくち》さんに電話してみる」

「電話ってなにを……?」

「優佳の待遇改善。もっとちゃんと売ってくれるように頼む」

「やめてよ」優佳が李奈の両手首をつかんできた。

「なんで阻むの?」李奈はそう問いかけたものの、答えは知れていた。KADOKAWAの担当編集も吉報を承知済みにちがいない。優佳は自分の口からいいたがっているのだろう。李奈は優佳の手を振りほどこうとした。「菊池さんじゃなく編集長に電話する」

「やめてって」優佳は争いながらも顔がほころびだしている。

李奈もふざけ半分の揉《も》み合いをつづけた。「ほんとはなんかいいことあったんでしょ？」

「ない」

「ならKADOKAWAに電話……」

「わかった、わかった」優佳の目はすっかり喜びにあふれていたが、いったん真顔になった。「じつはね」

「なに？」

満面の笑みとともに優佳が声を張った。「角川文庫の『初恋の人は巫女だった』シリーズ、アニメ化決定しました！」

「マジで!?」李奈は自分のことのように、天に舞いあがるような気持ちになった。「このあいだ『ヤングエース』でコミカライズの連載が始まったばかりなのに」

「それがトントン拍子で話が進んでさー。しかもTBSの深夜枠だよ？　BSじゃないよ、TBSの地上波」

「すごいじゃん、優佳。うらやましい」

「もっといって！　李奈にうらやましがられるなんて最高」

「でもいい話があったってのは薄々気づいてた」

「なんで気づくの」

「あきらかに美容室へ行ったばっかだし、その派手派手な服……」

わははと優佳は声をあげ笑った。また軽く突き飛ばしあったり叩《たた》き合ったり、ふたりとも子供のようにはしゃいだ。優佳が叫ぶようにいった。「文庫の既刊がぜんぶ増刷きまったの！　アニメ化の幅広帯がついて、放送時には書店フェアも開催してくれるって。だからお祝いしたくて」

「おめでとう」李奈はまたスマホに目を落とした。「じゃ、どっかお店を予約しなきゃ」

「予約だなんて。パール商店街の居酒屋でいい」

「なんで？　せっかくのお祝いなのに」

優佳の表情が曇りだした。「大きく稼いだ李奈には来年、巨額の住民税が課せられるでしょ。わたしもこれから儲《もう》かるから同じ立場。櫻木沙友理《さくらぎさゆり》さんがいってた。稼ぎの半分は持ってかれるって」

「あー……。わたしもきいた」

「来年以降も頑張らないとね。ただの一発屋じゃネイルサロンのバイトに逆戻り」

「わたしはローソンを辞めてないよ」

「ほんとに？　なんでよ」

「シフト減らしてもらっただけ。せっかくおぼえたスキルを生かさないのは惜しいし」

「へえ。変わってるね。わたしはすっかり不労所得を受けとる気満々になって、パソコンに向き合ってもいないのに」優佳はテーブル上のノートパソコンを見下ろし、画面を指さした。「李奈、メール受信してるよ？」

李奈はしゃがんでモニターを見た。KADOKAWAの菊池からのメールだった。タッチパッドに指を滑らせる。クリックしメールを開いた。


原稿を添付します。目を通して問題点の有無をチェックしておいてください。

菊池

優佳が眉《まゆ》をひそめた。「なに？　なんで編集者が作家に原稿を送ってくるの？」

「さあ……。わたしに内容をチェックしろって、ふつう逆だよね」

「誰が書いた原稿?」

「知らない」李奈は添付されたワードファイルを開いた。一見して小説とわかる原稿がモニターに表示された。


二十三歳になる杉浦李奈にとって、講談社の社屋は宮殿のごとく豪華すぎた。ライトミステリを三冊だしただけという実績が、心細さに拍車をかける。とても小説家を名乗れたものではない。

音羽《おとわ》二丁目、東京メトロ護国寺《ごこくじ》駅の階段を上った先、あまりに巨大な西洋古典建築に度肝を抜かれること三十分。李奈はビルの高層階、ホテルのスイートルームにそっくりの、煌《きら》びやかな室内にいた。


「ちょ……」李奈は心底驚いた。「なにこれ!?」

優佳が画面をのぞきこんだ。タッチパッドを操作し、文書のプロパティを表示する。ファイルの情報を優佳が読みあげた。「作成者は白濱瑠璃《しらはまるり》。題名は『écriture 新人作家・杉浦李奈の推論』ってなってる」

李奈は右手で両目を覆った。「あー……。白濱さんかぁ」

「知り合い?」

スマホが鳴った。KADOKAWAの菊池から電話が入った。李奈は応答した。

「はい」

菊池の弾んだ声が問いかけてきた。「原稿、無事に届いたかな?」

「あのう、菊池さん。これは……」

「紹介してくれた白濱瑠璃さんな。ぜひ杉浦李奈さんについて書かせてくれというんだよ。取材力はたいしたもんだね。第一巻は岩崎翔吾《いわさきしょうご》事件を詳細に綴《つづ》ってる」

「第一巻?」

「編集長が乗り気でさ。角川文庫でシリーズとしてだすんだよ。凜田《りんだ》……いや小笠原《おがさわら》莉子《りこ》さんの実録物みたいに」

「わたしは承知してませんけど」

「そんなこというなよー。『十六夜月』で超有名になって、いまが絶好のタイミングじゃないか。白濱さんは筆が速くてね。もう汰柱桃蔵《たばしらとうぞう》事件を題材に、第二巻に取りかかってる」

「汰柱さんの事件ですか? KADOKAWAさんの不祥事がつまびらかになりますけど、いいんですか?」

「まあそこは……。うちも自浄努力によって社内体制が大きく変わったからね」

「わたしを題材にするなんて。白濱さんから企画をきいた時点で相談してほしかったです」

「本人はきみに確認したといってるよ？」

あきる野《の》市の宗武《むねたけ》邸を立ち去る前のやりとりか。瑠璃の発言が記憶に残っている。〝凜田莉子の小説シリーズがあるんだから、あなたのがあってもおかしくないでしょ〟と。まさか本当に書くとは。

菊池の声が早口にまくしたてた。「とにかく十数巻まではだすつもりだからさ。『ヤングドラゴンエイジ』でコミカライズも進んでる。よろしく頼むよ。それじゃ」

「ちょっと。もしもし、菊池さん」李奈は呼びかけたものの、とっくに通話は切れていた。

優佳は画面の原稿をスクロールさせた。「これ李奈の視点で書かれてるじゃん。〝何々と李奈は思った〟って、内面の描写まであるよ？　取材を受けたんじゃないの？」

「受けてない。白濱さんはこういう書き方を宗武さんから指導されて、もうすっかり板についてる。他人の心情を勝手に想像して、その視点で描写したノンフィクションっぽい作風」

文体も当然ながら、彼女が書いた『インタラプト』に似ている。やれやれと李奈はあきれた。鳳雛社《ほうすうしゃ》の編集者の次は、なんと李奈が題材にされてしまった。

「でもさ」優佳は指折り数えた。「汰柱さんの話が二巻で、そのあとも大きな事件ごとに一巻ずつなら……。鳳雛社の宗武さん騒動で九巻ぐらいじゃない？　十数巻までなにを書くつもりなんだろ」

「さあね」李奈は頭を掻《か》きむしった。「九巻まで書くうちに、いくつかまた新しい事件が起きると思ってるんじゃない？」

「ちゃんとギャランティを受けとってよ？　たぶん二巻以降はわたし抜きには成立しないだろうし、李奈が遠慮しちゃうとわたしまでもらえなくなる」

「交渉してみる。っていうかそれ以前の問題のような気が……」

出版自体を許可すべきかどうか迷う。けれども白濱瑠璃のことを思えば、仕事を奪う気にはなれない。彼女を地下アイドルに戻らせてしまう事態は避けたかった。

またインターホンが鳴った。李奈は優佳と顔を見合わせた。ふたりでキッチンへ向かうと、小さなモニターが点灯していた。

今度は訪問者の顔の背景に、一階エントランスが映っている。何歳か年上の男性、長めの髪に細面、痩身《そうしん》にテーラードジャケット姿。曽埜田璋《そのだあきら》がさっきの優佳ばりに暗い表情を浮かべている。

　李奈はボタンを押した。「あ、曽埜田さん」

「杉浦さん……。こんにちは。那覇さんから杉浦さん家《ち》に行くって連絡があって」

「どうぞ。上がってきてください」李奈はオートロックを解錠した。

　浮かない面持ちの曽埜田がフレームアウトする。モニターの表示が消えた。

　優佳がせせら笑った。「曽埜田さんの落ちこみようはマジっぽい」

「落ちこんでるの？　なんで？」

「あいかわらず売れてないからでしょ」

「そうなの？　だけど『謎解き主義者マキの禅問答』シリーズは、相変わらず売れてるんじゃなくて？」

「あんなの最初の数巻が書店でめだっただけで、もともと売れ行きはそれほどでもなかったよ？　わたしたちに大きくリードされて悔しがってるんだよ。見下ろしてやろうよ」

「それはちょっと……。冗談でも悪くない？」

「わざわざ売れてる年下の女ふたりのとこに来るんだからさー、ネチネチいびられるのがご褒美だと思う性癖なんでしょ。ナルシスト入ってる男ほどそういうとこあるよね」

「曽埜田さんが？　そんなふうに見えないけど」

「この部屋に入ってきた曽埜田さんは開口一番、太宰《だざい》の『人間失格』をどう思うか李奈にきくね。李奈がどう答えようと、曽埜田さんはそこにかこつけて、自虐に浸りだす」

「まさか……」

インターホンが鳴った。李奈は玄関ホールへ向かいドアを開けた。

内通路に曽埜田が視線を落としながら立っていた。どうぞと李奈が声をかけると、曽埜田は小さくうなずいた。

憂鬱《ゆううつ》そうに靴を脱ぎ、ＬＤＫへと足を踏みいれるさまは、さっきの優佳に似ている。芝居がかっているのも共通点だったが、曽埜田の場合は本当に悩んでいるようだ。

リビングのソファを前に曽埜田は立った。「座っていい？」

「もちろんです」李奈はいった。「コーヒーでも……」

「いや、いいよ。どうかおかまいなく」曽埜田がうつむいたままささやいた。「杉浦さん。最近僕は太宰をよく読んでるけど……」

優佳が吹きだした。曽埜田が妙なまなざしを優佳に向ける。女子の嫌な部分が表出している、李奈は優佳についてそう思った。当惑とともに李奈は曽埜田に向き直った。「それで？」

いきなり曽埜田は両手で頭を抱えた。「ああ。僕は人間失格だ！　小説家失格だ」声をださず優佳が笑い転げるゼスチャーをする。李奈はしかめっ面で優佳を咎《とが》めてから、曽埜田に歩み寄った。「どうかされたんですか」

曽埜田は顔をあげた。瞳孔《どうこう》の開ききった目で曽埜田が李奈を仰ぎ見た。「杉浦さんの『雨宮の優雅で怠惰な生活』に、瑋という名の少年がでてくるよな？　あれはひょっとして僕にちなんでるとか？」

「……いいえ」

優佳が醒《さ》めた声を響かせた。「自意識過剰。影響力過信」

「だよな」曽埜田はまた頭を抱えた。「もう駄目だ。杉浦さんの大成功はまだしも、那覇さんまでアニメ化だなんて」

むっとした優佳が詰め寄った。「それどういう意味ですか？　喜びを分かち合ってくれるかと思ったのに」

「そんなことといって、僕を見下してるんじゃないのか」

本当は図星だが、優佳は平然と否定した。「被害妄想がすぎませんか。ねえ李奈」

曽埜田は食ってかかった。「ああ、わかってるとも。ふたりで嘲笑《ちょうしょう》すればいいさ。今後どうせあちこちで『初恋の人は巫女だった』のタイアップを目にすることになるんだろう。頼むから池袋界隈《いけぶくろかいわい》には進出しないでくれ。僕の心の平安が乱される」

「わかりました」優佳はにんまりとした。「ナンジャタウンに『初恋の人は巫女だった』のコンカフェでも出店してくれるよう、KADOKAWAに相談してみます」

「なにをするんだ。そんなことはやめてくれ」

李奈は曽埜田にきいた。「優佳のアニメ化をうらやましがってるんですか？　曽埜田さんには曽埜田さんの世界観があるじゃないですか」

「きみはいまや国民的な作家だ。僕の苦悩はわからない」

優佳がからかう口調でいった。「でた。李奈の気を引くにあたり、先輩風を吹かせるのは無理と悟って、今度は傷心ぶりをアピールして慰めてもらおうとしてる。知ってます？　最新の研究によれば、女に母性本能なんて存在しないんですって」

曽埜田はむきになった。「茶々をいれないでくれるか。僕はほんとに悩んでるんだ」

なにをどれだけ真剣にとらえていいか、李奈には判然としなかった。とりあえず李奈は穏やかに話しかけた。「曽埜田さんの小説は傑作ばかりですよ。わたしもたくさん勉強になりました」

「そんなことをいうけど、僕は才能のなさを痛感してるよ。基本から学び直そうと思って、小説教室に通いだしてるぐらいだ」

「はい？　小説教室ですか……？　カルチャースクールとかの？」

優佳が涙を浮かべながら大笑いした。「マジウケる。カルチャースクール」

「しっ」李奈は優佳に沈黙をうながしてから、曽埜田に目を戻した。「あのう。わたしも以前、阿佐谷の区民センターで催される小説教室に通いましたが、デビュー後は担当編集の朱《あか》いれのほうが、ずっと実践的に学べたと思います。曽埜田さんほどのお立場で、いまさら小説教室なんて……」

「ただの小説教室じゃないんだよ」曽埜田が身を乗りだした。「丹賀《たんが》笠都《りゅうと》のお父さんが開いてる、丹賀文学塾だ」

「あー」優佳が大仰に顔をしかめた。「ニュースで観ましたよ。丹賀源太郎《げんたろう》さんだっけ？　ベテラン作家らしいけど、息子さんほど有名じゃないですよね？　でも本物の小説の書き方を指導するとかなんとか」

「そう」曽埜田がうなずいた。「古き良き本物の文豪でね。入塾試験もあって、それなりに腕がないと受講もできない。僕は幸いにも合格できた」

優佳がまたも意地悪そうな笑みを浮かべた。「それで箔《はく》がつくって？　まさか著者略歴に書くんですか、丹賀文学塾塾生って。胡散臭《うさんくさ》い自己啓発本の著者略歴にありがち」

曽埜田が救いを求めてきた。「杉浦さん！　ブラック那覇優佳を黙らせてくれ。アニメ化に恵まれたとたん性格の悪さを露呈してる」

李奈は苦笑した。「略歴になんか書かないですよね？」

ところが曽埜田はばつの悪そうな顔で口をつぐんだ。李奈は戸惑わざるをえなかった。どうやら本気で略歴に加えようとしていたようだ。

優佳の声は嘲笑の響きを帯びていた。「まーわからなくもないですよ。丹賀の二文字にあやかりたいんですよね。塾自体、丹賀笠都の名が轟《とどろ》いてるからこそ成り立つ商売でしょ？　李奈の『十六夜月』の五週連続一位を阻止したのも丹賀笠都だし」

以後はずっと丹賀笠都の長編小説がベストセラー上位を席巻している。『新説・破戒』や『生への贖罪』、『見返りを求むな』、それに『二極一対』あたりが代表作だった。

丹賀笠都の作風は李奈と正反対といえる。いわゆるポリコレがやかましく叫ばれる世のなかにあって、そこに窮屈さをおぼえる人々が、丹賀笠都の熱狂的な支持者だと考えられる。

極端かつ急進的な差別主義、それが丹賀笠都作品の特徴だった。テーマは男尊女卑、学歴主義、権力主義など、昨今は否定されがちな思想について、逆に徹底的に肯定している。特に『二極一対』は、ジェンダーフリーやトランスジェンダー論を嘲笑する、過激な主張に満ちていた。しかも数行に一か所は、出版においてタブー視される用語がでてくる。倫理的に許されない差別ワードを、あえて多用しまくることで、時代錯誤な怪作を連発、世間を騒然とさせた。人権派団体が抗議の声をあげ、大半の図書館が蔵書にしないと宣言するなど、議論が議論を呼んでいる。

優佳が嫌そうな表情になった。「本なんて十万部売れればベストセラーじゃん。だから千二百人にひとりの非常識が喜んで買えば、充分に儲《もう》かる商売になっちゃうなんて、ほんと歪《ゆが》んだ社会だよね。丹賀笠都のお父さんまで、まんまとその成功に乗っかってさ」

「ちがうよ」曽埜田が語気を強めた。「源太郎さんが息子さんの作風を認めていないのは有名な話だ。丹賀笠都がブームになるずっと以前から丹賀文学塾はあったんだよ。小説の執筆方法だけでなく、作家としての心構えや思想、人間規範まで教えてくれる」

「なんだか宗教っぽくないですか。息子さんが正反対の本で売れてるのに、人寄せパンダに利用してるのも変ですよ」

「そうじゃないといってるだろ。だいたい丹賀笠都の小説が、タブーだらけだとみんな知ってるのに、源太郎さんの塾と結びつけたりはしない」

優佳は冷やかに一蹴《いっしゅう》した。「それは小説読みの発想ですよ。世間が村上春樹《むらかみはるき》をどうとらえてるか知ってます？　なんか知的で崇高な本だと思いこんでる。『ノルウェイの森』とか『1Q84』とかも、大ベストセラーではあっても国民全体からすれば、読んだ人はごく一部で、みんなが知ってるのは題名だけ。じつは露骨な性描写だらけなのに」

「村上春樹の名声だけがひとり歩きしてるのは事実だろうな」

「丹賀笠都も同じですよ。差別用語が多用されてても、小説ってのは映像作品とちがって、一見しただけじゃ中身がわかりません。活字の本は小難しくて芸術っぽいと受けとられがちでしょ。丹賀笠都は最近流行《はや》りの有名な作家、世間の認識はそこどまり。だから丹賀笠都の存在は、丹賀文学塾のブランド化に貢献してる」

「実際に入塾を希望するのは、小説家か小説家志望者ばかりなんだよ。丹賀笠都と丹賀源太郎のちがいを知らない人なんて、そもそも受講を望めない」

「わかってきた」

「なにが？」

「曽埜田さんは自分が、丹賀笠都ブームに踊らされたミーハーじゃないって主張したいんですよね。だけどさー。丹賀笠都みたいに爆発的に売れたいと思って、お父さんの塾に通いだしたのは事実でしょ？　少なくとも塾生を名乗ることで、虎の威を借る狐のごとく、丹賀のネームバリューにあやかろうとはしてる」

「なんでそんなに刺々《とげとげ》しいんだ！　じゃあきくが、アニメが駄作だったらどうする？　放送当日のきみのＳＮＳが楽しみだよ。〝いよいよ今晩から放送です、お楽しみに！〟と華々しくぶちあげておきながら、翌日以降は〝新刊よろしくお願いします〟だけになる」

「まさかと思うけど曽埜田さん、新作の帯に〝丹賀文学塾塾生〟とか大書しないでくださいよ。社長室に飾る表彰状が足りなくて、ラジオ体操皆勤賞まで額におさめてる中小企業オーナーじゃないんだから」

「視聴率が爆死してるのに、角川文庫の公式ＳＮＳだけが〝『初恋の人は巫女だった』アニメも絶好調！〟とか怪気炎をあげてるさまが目に見えるようだよ。世間の大多数から〝絶好調とか草〟ってリプライされたりしてな」

優佳がふざけ半分に泣きついてきた。「李奈。先輩作家がいじめてくる。モラハラでパワハラでセクハラ」

曽埜田があわてぎみに反応した。「き、汚いぞ。それにセクハラはしてない」

茶番はもう充分な気がしてきた。李奈は曽埜田を見つめた。「丹賀文学塾って、たしか千駄木《せんだぎ》あたりの古いお屋敷を借りてるんですよね？　畳の上に正座しながら授業するって」

「そうだよ。昔は本郷区《ほんごう》と呼ばれてた辺りで、森鷗外《もりおうがい》や夏目漱石《なつめそうせき》が住んでたし、団子坂《だんござか》はやたら文学作品に登場する。二葉亭四迷《ふたばていしめい》やら正岡子規《まさおかしき》やら。文豪ゆかりの地でね」

優佳がまた横槍《よこやり》をいれた。「畳の上に正座！　寺じゃん。曽埜田さん、目を覚ましたほうがいいって。わたしたちの成功に焦って、変な権威にすがって逆転を狙おうとしても無駄。頑張って面白い小説を書いてくださいよ。それがベストセラーへの近道だってば」

「失敬な」曽埜田が憤然とノートパソコンに向き直った。「杉浦さん、これ、使ってもいいかな？」

「どうぞ」と李奈は応じた。

「ありがとう」曽埜田はキーボードに指を走らせた。「那覇さん。丹賀文学塾の公式サイトを見るといい。偏見や誤解など綺麗《きれい》さっぱり解けるはず……」

曽埜田はふいに言葉を切った。目を丸くしながらモニターを凝視している。李奈は妙に思った。優佳とともに画面表示をのぞきこむ。

急なお知らせではございますが、諸般の事情により、今月いっぱいで閉塾させていただくことに相成りました。

突然の決定で大変申しわけございません。

最後となりますが、みなさまのご健康と作家としての成功を、心からお祈り致しております。

丹賀文学塾　塾長　丹賀源太郎

優佳は涙を浮かべるほど大笑いした。「まるで〝赤毛連盟は解散した〟じゃん！」

愕然《がくぜん》とする曽埜田の横顔に、李奈は胸を痛めた。なにが起きたのだろう。こんなに唐突な閉塾は無責任ではないか。

2

『十六夜月』が売れてからも、李奈の暮らしぶりとなると、以前とさほど変わらなかった。家賃の高いマンションに移ったものの、生活は依然として質素なままだった。櫻木沙友理のアドバイスに従い、堅実なまでに節約に努めているせいもある。取材はそこそこに留《とど》め、特に顔だしのテレビ出演は遠慮した。スポーツ紙や週刊誌のインタビューが、喋《しゃべ》ってもいないことを書かれると知って以降、文章のみの取材さえも、なるべく断るようになった。

名が売れていようが、顔はほとんど知られていないため、外出にはなんの支障もない。電車やバスで移動するし、クルマがほしいとも思わなかった。書店へ行って本を買い、マンションの自室に帰って読み、週一回はコンビニでバイトをする。出版社の担当編集が根まわししてくれた取材先を訪ね、次回作のプロットを練り、原稿を書く。それらが李奈の生活のすべてだった。

そういえばプロットを先に提出する必要がなくなった。企画案が編集会議にかけられることもない。こういうジャンルの小説を、いつまでに脱稿しますと伝えれば、それだけで出版までのスケジュールが組まれる。ただし一生こんな自由が容認されるとは思えなかった。現状は『十六夜月』の成功の余波による優遇でしかないのだろう。新作がさっぱり売れず、返本の山になったりしたら、かつての環境に逆戻りにちがいない。初心を忘れず気を引き締め、一作ずつ没入しながら書いていくしかない。

倹約の日々を送りながらも、推理作家協会や日本文藝家協会の懇親会のため、フォーマルなドレスを新調した。いつも似たような顔ぶれと会うのに、さすがに前と同じ装いで出席はできない。会場ではベテラン作家や評論家の中高年男性が、尊大な態度ながら李奈をさかんにかまうようになった。輪を脱出する機会は、優佳が救出してくれるときに限られる。思いあがったキモいおっさんたちだよね、優佳は忌憚《きたん》なくそうこぼした。

講談社の新刊書籍説明会にも新しいレディススーツを着て行った。豪華な大広間に、タワーレコード渋谷《しぶや》店のインストアライブぐらいの規模の舞台が組まれている。来月刊の作者が入れ替わり立ち替わり舞台に上る。パイプ椅子に列席する講談社の役員らや、外部からの訪問者たちを前に、自著のプレゼンをおこなう。他社にはない風変わりな催しだった。

パーティションで隠された舞台袖《そで》に、李奈は担当編集とともに待機していた。講談社の担当編集は三十代半ばの松下登喜子《まつしたときこ》だった。

いま壇上には新人作家の青年が立っていた。緊張にうわずった声がスピーカーから響く。「あ、あのですね。これは学園ミステリでして、『ときめきと偽りの放課後』という題名です。登場人物ですけど、まず主人公の九条雅也《くじょうまさや》は探偵部の部長で、じつは犯人なんですけども……。あ、いえ、なんでもありません。忘れてください」

聴衆がざわついている。登喜子は苦笑に似た笑いを浮かべたが、李奈はひたすら息苦しかった。初めて登壇したときの李奈も、似たようなありさまだったのを思いだす。

ぱらぱらと拍手が起こり、青年が顔を真っ赤にしながら舞台を下りてきた。登喜子が壇上へ向かい、スタンドマイクを通じ、落ち着いた声で告知した。「次はお待ちかね、『十六夜月』で大ブレイクしました、杉浦李奈さんにご登壇願います。弊社刊の新刊文芸『いずれの御時に主は来ませり』をご紹介いたします」

李奈は短い階段を上った。壇上からの眺めにもすっかり慣れていた。聴衆のほとんどがスーツ姿の男性だが、いまは笑顔と拍手で歓迎してくれる。

マイクを前に立ったものの、襟もとが乱れていることに気づいた。さりげなく直しながら李奈はいった。「すみません、着慣れていないもので。これを買うとき、ショップの店員さんがきいてくれました。どこかきついところはありませんかと。わたしはお値段と答えました」

以前ならダダスベリにちがいないジョークに、大の大人たちがいっせいに笑ってくれる。成功の甘き香り。芸人なら勘ちがいしてしまうかもしれない。肝に銘じねばならない。この人たちが望んでいるのは『十六夜月』レベルの売り上げなのだと。

取次や大型書店チェーンの関係者も多く列席している。各方面に協力を得るべく、頭《こうべ》を垂れておく重要性を、李奈は売れてから初めて知った。もう自分ひとりの責任ではない。宣伝や多めの初版部数に費やされるコストに対し、みずからも執筆以外の努力を強いられる、それが有名作家の仕事だった。

新作小説の概要を説明し終えると、李奈は深々とおじぎをした。「『いずれの御時に主は来ませり』が、多くの読者の手もとに届きますよう、皆様のお力添えをどうかお願い申しあげます」

過剰とも思えるほどの万雷の拍手のなか、李奈は舞台袖へと戻った。登喜子も笑顔で追いかけてきた。

「最高！」登喜子が大げさに褒め称《たた》えた。「登壇すれば、陰キャか思いあがりの二種類しかいない小説家のなかで、あなたみたいに上品で魅力的な人はほんとに特異な存在。文芸界の観音菩薩《ぼさつ》！」

編集者がやたら持ちあげてくるのも、ベストセラーを記録して以降のことだ。李奈はただ恐縮するしかなかった。「それほどのことでは……」

「ところできょうの新刊説明会でも、終盤に関連商品として発表する予定なんだけど、これらをどう思う？」

登喜子が指さしたのは近くの長テーブルだった。なぜか講談社刊の文庫が数十冊も並べてある。『30代作家が選ぶ太宰治』や安藤礼二《あんどうれいじ》の『光の曼陀羅　日本文学論』、モームの『聖火』などが目につく。

手にとったとたん驚いた。ずいぶん軽いし硬い。表紙を開こうとして、これが文庫本の形をした箱だとわかった。いわゆるブックボックスだった。開けてみると内部は空洞で小物入れになっている。李奈は感心した。「へえ……」

「面白いでしょ？　洋書のブックボックスはよく売ってるけど、講談社《うち》のラインナップをそのままプラスチック製の小物入れにするの。これから人気作家の本も商品化していくにあたり、著者の了解をとろうと思って」

「あー、なるほど。わたしの本もブックボックスにして発売してくださるんですか？」

「そう。表紙も背も裏表紙も、本物の講談社文庫とそっくり同じ。だから自室の書棚に収めておくと、ほかの本に紛れて秘密の隠し場所になる。洋書よりいいでしょ」

ブックボックスのなかには小さな紙が入っていた。李奈はそれを読みあげた。「〝この商品は震度五以上の地震の際、書棚から滑りでる恐れがあります〟……。軽いからでしょうか?」

「空洞だから揺れの伝わりぐあいがちがって、飛びだしやすくなるんだって。PL法に基づく表記ってやつ。細かすぎると思うけどね」

「怪我人がでてからじゃ遅いからですか。転ばぬ先の杖《つえ》ですね。いつ発売なんですか」

「これら第一弾のロットはもう出荷されてるの。第二弾は人気作家で揃えたいってのが営業の方針。ね、杉浦さんも契約してくれない? ロイヤリティーはそんなに高くできないけど……」

自著の宣伝になるかもしれない。李奈はブックボックスを長テーブルに戻した。

「いいですよ」

「ほんとに! ありがとう、杉浦さん。関連商品に理解があって助かる。人気作家ってお高くとまってる人が多いでしょ。特にこういう案件の場合、メールの返事もなかなか寄越《よこ》さない」

「誰の話ですか？」

「まあそれはいいとして」登喜子が廊下へといざないながらいった。「じつはもうひとつ話があるの。ある方面から相談を持ちかけられてて」

「なんですか」李奈は歩調を合わせた。

「丹賀文学塾、知ってるでしょ？」

「……はい」

「じつはこのあいだ閉塾してね。塾長である丹賀源太郎さんの労をねぎらって、息子さんの丹賀笠都さんが、ごく限定された人数での宴《うたげ》を開きたいって。お父様に新進気鋭の作家さんたちを紹介がてら招くにあたり、杉浦李奈先生にもぜひとも出席願いたいというの」

「わたしにですか？」李奈は驚いた。「でも塾にはなんの関係も……」

「それは承知のうえ。むしろいままで丹賀父子《おやこ》が縁のなかった作家に、勉強のために会いたいそうよ。法廷小説で知られる佐間野《さまの》秀司《しゅうじ》さんも招かれてるの」

「あー、現役の弁護士で作家でもある……」

「そう。『訴状の死角』がベストセラーになったのは去年のことでしょ。ほかにもここ数年で有名になった作家が数名、招待されるみたい」

「その作家さんたちは塾の受講生じゃないんですか」

「佐間野さんを含め、誰ひとり受講してないっていてきいた。受講生にはプロの作家もいたけど、宴に招待するほどじゃなかったって」

「そうなんですか……」李奈は物憂げにつぶやいた。曽埜田には気の毒としかいいようがない。

登喜子が両手を合わせ拝んできた。「お願い！　杉浦李奈さんを紹介してくれって、丹賀笠都さんから頼まれちゃってるの。飛ぶ鳥を落とす勢いの旬の作家との関係は、うちとしても維持しなきゃ。杉浦さんが宴に出席してくれれば本当に助かる」

講談社が気にかけるのは、塾長の丹賀源太郎ではなく、やはり息子の丹賀笠都のほうか。直接関わりがないとはいえ、もはや丹賀笠都あっての丹賀文学塾だったのだろう。

担当編集から頼まれてしまった以上、李奈も嫌とはいえなかった。「週一のバイトと重なりさえしなければ、たぶん出席できるんじゃないかと……」

「ありがとう！」登喜子が顔を輝かせた。「少しでも売れた小説家はひねくれ者ばかりで、頼みごとをするのも大変。上司から〝一瞬いい？〟ときかれて、全然一瞬じゃなかったとき以上のストレス。だけど杉浦さんみたいな人がいてくれて大助かり！」

それだけいうと登喜子は上機嫌そうに立ち去った。李奈は唖然《あぜん》としながら見送った。

どうやら大手出版社の社員にも、人間関係の悩みは少なからずあるようだ。講談社から丹賀笠都への忖度《そんたく》を押しつけられてしまった。売れずにいたときはこんなことはなかったのに。

3

秋の日の午後、脆《もろ》い陽射しが降り注ぐ街並みは、さほど美しくもない。都内のどこでも見かける風景のひとつだった。ひしめきあう低層マンションや新旧の家屋、狭い歩道と錆《さ》びたガードレール。上下二車線の道路は渋滞ぎみになっている。いまはもう特に風情を感じないが、ここが団子坂、文学作品によく登場するかつての名所になる。

李奈はよそ行きのワンピースに薄手のコートを羽織り、ショルダーバッグを下げた姿で、車道沿いをゆっくりと歩いた。千駄木駅からずっと坂道を上りつづけている。

団子坂という名称の由来は、昔の小説でもだいたいふたつの説に分かれていた。かつて坂の下に団子屋があったと書いてある作品が多い。一方で、急な坂ゆえ雨の日に転ぶと、泥まみれの団子のようになるのが謂《いわ》れ、そんな説も何度か目にした。

坂の途中にある森鷗外記念館の近くを通り過ぎる。森鷗外の『青年』は団子坂が舞台になっている。二葉亭四迷の『浮雲』もそうだ。〝団子坂の景況は、例の招牌《かんばん》から釣込む植木屋は家々の招きの旗幟《はた》を飜翻《へんぽん》と金風《あきかぜ》に飄《ひるがえ》し、木戸々々で客を呼ぶ声はかれこれから み合て乱合《みだれあ》って、入我我入《にゅうががにゅう》でメッチャラコ、唯逆上《のぼせあが》ッた木戸番の口だらけにした面《かお》が見える而已《のみ》で、何時いつ見ても変ッた事もなし〟、『浮雲』にはそうある。〝非常に雑沓《ざっとう》しましたよ〟という台詞《せりふ》もあったはずだ。

『浮雲』が書かれた明治《めいじ》時代、団子坂がずいぶん賑《にぎ》やかだったことがわかる。もともとこの坂道沿いの見世物小屋では、江戸《えど》後期から菊人形の展示が流行していた。夏目漱石の『三四郎』にもそんな描写がある。当時の小説には、幅がわずか二間半、五メートル弱の狭い坂道と書かれている。現在は車道と歩道で幅二十メートルはありそうだ。

団子坂から入り組んだ路地へと歩を進める。小ぶりな二階建てや三階建てが、ほとんど隙間なくびっしりと路地沿いを埋め尽くす。どの家にも庭どころか、隣家や前面道路とのあいだに余裕がない。地価の高い都内では当然の光景だった。

めざす住所は文京区千駄木《ぶんきょう》3－55－6。李奈はスマホのナビ画面に目を落とした。この辺りは寺がやたらと多いようだ。江戸時代の名残といえるかもしれないが、大半の家は建て直されている。いびつな路地を縁取る電柱や消火栓、ブロック塀もしくは家の外壁。わずかな空間に押しこめられたクルマや自転車。雑然とした景観ばかりがつづく。

ナビがしめす目的地に近づいた。路地の角を折れたとたん、李奈は驚きとともに立ちすくんだ。「わあ……」

ここだけ雰囲気がまったく異なる。まず視野に飛びこんできたのは、わりと広い境内を有する寺だった。というより廃寺かもしれない。本堂はかなり古く、明治や江戸期の建築に感じられた。半ば朽ちかけているのか、瓦《かわら》屋根が部分的に歪《ゆが》んだうえ、建物全体が崩落しかかっている。周りの木々の枝葉も伸び放題だった。きちんと管理されているかどうか気になる。見たところ誰もいないようだ。

その寺の真向かいが立派な武家屋敷になる。敷地面積は百坪ていどに思えるが、付近の住宅事情からすれば、これでも宮殿に等しかった。大きな平屋建ての書院造。向かいの寺に負けず劣らず時代がかっている。庭はかなり余裕があり、寺とは対照的に、緑の手入れが行き届いていた。地面は剝《む》きだしの土で、建物のわきを奥のほうへと、タイヤ痕《こん》が何本も伸びている。木々の隙間から駐車車両がのぞく。大型セダンやワンボックスカーが並んでいた。人の気配はなく、鳥のさえずりだけが耳に届く。

李奈はスマホに表示された地図を眺めた。千駄木3－55－6、たしかにここだ。施設名も丹賀文学塾となっている。向かいの寺は妙蓮寺《みょうれんじ》というらしい。

ふいに男性の野太い声が呼びかけた。「杉浦李奈さん？」

びくっとして顔をあげた。いつの間にか武家屋敷の前に、ひとりの高齢男性が仁王立ちしている。

思わず言葉を失う。男性は紋付き袴《はかま》姿で、白髪を長く伸ばし、口髭《くちひげ》と顎髭《あごひげ》をたくわえていた。ぎょろりと剝いた目はダルマのようでもある。足もとは下駄《げた》だった。矍鑠《かくしゃく》としているが年齢は七十過ぎだろうか。頑固そうな面立ちが李奈をまっすぐ睨《にら》みつけてくる。

なんというか、陶芸に生涯を捧《ささ》げるか、もしくは拳法《けんぽう》の道場でも営んでいそうな外見……。古書店にある昭和《しょうわ》の漫画から抜けだしてきたようでもある。まさしく前時代的な人物といえる。

李奈は及び腰ながらおじぎをした。「初めまして……」

「よくぞ来られました」高齢男性は喋《しゃべ》り方も時代劇っぽかった。「丹賀源太郎と申します」

やはりこの人が……。李奈が丹賀源太郎の画像を見たのはいちどきり、平成十二年に刊行された『観潮楼跡』の著者近影だった。写真の丹賀源太郎は髭を生やしていなかった。いまは皺《しわ》が増えたものの、目つきの鋭さはたしかに共通する。李奈はもういちど頭をさげた。「わざわざお招きいただきまして……」

「こちらこそ、おいでいただきましたこと、深く感謝申しあげます」丹賀源太郎もおじぎをかえした。「ご足労願いまして恐縮に存じます。宴《うたげ》の時間までしばしお寛《くつろ》ぎください」

「ほかのみなさまは、もうお越しになってるんでしょうか?」

「ええ。まだおひとり到着しておられませんが」源太郎は懐からふたつ折りの白いカードをとりだした。「きょうお招きした方々です」

李奈は受けとったカードを開いた。文章は毛筆で書かれている。

ようこそ閉塾の宴へお越し下さいました。
本日ご招待した皆様は以下のとおりになります。
杉浦李奈様　『十六夜月』『トウモロコシの粒は偶数』
佐間野秀司様　『訴状の死角』『高裁に出廷するなかれ』

樋桁元博《ひげたもとひろ》様　『謄写』『被疑者』『意見陳述』
鴨原重憲《かもはらしげのり》様　『警視庁薬物特捜班』『サトシの遺産』

「あー」李奈は源太郎にたずねた。「鴨原さんもお越しになるんですか」

「もうなかにおられますよ。お知り合いだったのですか」

「はい。推理作家協会のパーティーでいちどお会いしたので……」

招待客は四名だけか。李奈以外は中年以上の男性ばかりになる。鴨原重憲は元刑事の異色作家で、いまや警察小説の重鎮でもある。作家兼弁護士の佐間野秀司とともに、興味深い人選だと李奈は思った。

李奈はカードをふたたび折り畳んだ。「樋桁元博さんは元検事という経歴の持ち主ですよね」

「さよう。私は推理小説に疎いのですが、単なる作り話には興味を持てません。その点、本業の経験のある方々による執筆となると、内容の重みがまるでちがってくる。作品を拝読し、ぜひお会いしたいと思ったしだいで」

「わたしだけはなんの肩書きもありませんが……」

「とんでもない！　あなたは文壇にまつわる数々の難事件を解決なさった。お若いのに類《たぐ》い希《まれ》なる知性の持ち主であられる」

「そんなことありません。単なる本好きです」

「小説家協会懇親会の火事で、私の盟友が大勢犠牲になりましてな。あなたは犯人を見つけてくださった。岩崎翔吾事件を綴《つづ》ったノンフィクション『偶像と虚像』も、大変な読みごたえがありました。太宰治《おさむ》の遺書騒動といい、あなたの知性には頭が下がります」

「買いかぶりすぎですよ」

「この私があなたを素晴らしい著者だと考えておるのです。愚息とは大ちがいです」

「……丹賀笠都さんもお越しになるんですよね？」

「来ます。あんな奴、勘当してやりたいと常々思っておるのですが、役立たずなりに今宵《こよい》の宴については、各方面に根まわししてくれたのでね」

「曽埜田璋さんも来たがっていました」

「曽埜田……。はて？」

「こちらの塾に通っていた受講生で、プロの作家でもあるんですが」

「ああ、彼か。失礼、思いだしました。杉浦李奈さんのお友達でしたか」

「人気作家ですよ。面白い話を書く人です」

「そうなのですか。それなりの才能はあると評価し、入塾を許可したのですが、残念ながら一篇の試作も読まずじまいでしてな。彼が座禅から先へ進めなかったので」

「ざ、座禅ですか？」

「心を無にし、精神統一を図る。当塾生には必須《ひっす》の課題としております」

マジで……？　李奈は心のなかでつぶやいた。小説教室としてはかなりぶっ飛んでいる気がする。まさかきょう苦行がまっているなどということは……。

源太郎が目を細めた。「ご心配なさらずとも本日は無礼講です。本日お招きした皆様方にご迷惑はおかけしません」

屋敷を振りかえった源太郎が両手を二度打ち合わせた。玄関の引き戸が横滑りに開いた。

戸口に姿を見せたのは十代後半とおぼしき女の子だった。黒髪のストレートロングで振り袖《そで》に身を包んでいる。まるで旅館の従業員のごとく、礼儀正しくおじぎをした。アイドルのように目鼻立ちが整っている。つぶらな瞳《ひとみ》が李奈をとらえた。

なかへどうぞ、源太郎がそう手振りでしめしてくる。李奈は腰が引けつつも玄関へ向かった。外に居残るようすの源太郎に頭をさげたのち、和装の女の子とともに屋敷のなかへ入った。

薄暗い邸内に香《コウ》の匂いが漂う。李奈は靴を脱ぎ、女の子に導かれるまま、板張りの廊下を奥へと進んでいった。まさしく武家屋敷の書院造だった。廊下に面した襖《ふすま》の向こうは、いずれも畳の間で、開放された障子越しに庭先が見えている。なかでもひときわ広い一室に、小ぶりな座卓が縦横に整然と並んでいた。前方には床の間を背景に、教師用とおぼしき大きめの座卓が据えてある。ここが教室なのだろう。まるで寺小屋だ。生徒用座卓の数から考えるに、一回の授業につき受講生は二十人前後か。パソコンを使わせてもらえるとは思えない。原稿は手書きにちがいない。

先を歩きながら女の子が振りかえった。にこやかに微笑みつつ女の子が自己紹介した。「小山帆夏《こやまほのか》と申します。帆夏と呼んでください。本日はよくおいでくださいました」

本格的な武家屋敷に和服の少女。なんだか横溝正史《よこみぞせいし》を思い起こさせる。李奈はきいた。「帆夏さんはこちらの塾生さんなんですか?」

「いえ。あの、ただのアルバイトで」

「あー、そうなんですか」パーティーやイベントのコンパニオンなら、優佳がバイトで務めたことがあるときいた。それと同じような雇用形態だろうか。詳細を問いかけようか迷っているうちに、帆夏が廊下の最深部に行き着いた。

いったん正座した帆夏が、失礼しますと声をかけてから、襖をそろそろと開ける。室内に深々と一礼し、帆夏が告げた。「杉浦李奈様がおいでになりました」

畳敷きの部屋だが、ここだけは和洋折衷になっている。三方の壁を書架が囲む。ひとり掛けのソファがそこかしこに点在する。離れた二脚にそれぞれスーツの男性が座っていた。

四十代半ば、痩《や》せた身体つきにオールバックの髪形、髭のない顔。鴨原重憲が立ちあがるや陽気な声を響かせた。「杉浦さんじゃないか！　おひさしぶり」

「ご無沙汰《ぶさた》しております」李奈は鴨原に挨拶《あいさつ》した。

「推協の懇親会以来だな。すっかり有名になっちゃって」鴨原は部屋にいるもうひとりを紹介した。「こちらは佐間野さん」

面識はないものの、マスコミにはよく登場する顔だった。七三分けの頭に二重顎《あご》、年齢は五十前後、体形はやや太りぎみ。佐間野に対しても李奈はおじぎをした。「初めまして。杉浦李奈と申します」

「やあ、杉浦さん」佐間野は弁護士らしい、よく通る低い声でいった。「同業の友人たちから噂をきいています。いろんな裁判に出廷なさってるでしょう。もはや堂々たる証言ぶりだとか」

岩崎翔吾事件のころにはしどろもどろだった。つづく汰柱桃蔵事件で法廷にも慣れてきて、シンデレラ事件のときにはもう動じなかった。李奈は笑ってみせた。「お会いできて光栄です。佐間野さんの『論告求刑の罠』、拝読しました」

「あんな駄作でお目汚しを」

「とんでもないです。中国では執行猶予中に大発明をすると罪が軽減されるんですね。『論告求刑の罠』で初めて知りました」

佐間野が苦笑した。「杉浦さんに感心してもらえたのは本筋と関係ない雑学だけか。ほかにも書けばよかった。米カンザス州でチェリーパイにアイスクリームを載せるのは違法。メキシコでは国歌をまちがえると罰金」

元刑事の鴨原がとぼけた顔になった。「なら初めから歌わないに限るね。しかしこれが小説なら、いまの会話こそ、本筋から逸《そ》れた雑学披露なわけだ。あるいはなにかの伏線かな」

「どんな伏線だね？」佐間野が眉《まゆ》をひそめた。「このあとメキシコ人でも登場するのか？」

三人の小説家は笑い合った。帆夏が廊下で正座したまま、もういちど頭《こうべ》を垂れ、襖を閉める。

廊下を足音が遠ざかっていく。静寂が戻るのをまつかのように、鴨原と佐間野は沈黙を守った。ふたりの顔からは笑いが消えていた。

やがて鴨原が小声で切りだした。「どうも妙だよ。こんなおかしな宴《うたげ》に招かれたことがあるかい？」

「ないよ」佐間野が唸《うな》った。「閉塾の宴だというのに、受講生はひとりも来ないらしい。私も鴨原さんも、塾にはまるで縁のない人物なのに、いきなり声がかかった」

鴨原の目が李奈に向いた。「杉浦さんは？　丹賀文学塾となにか関わりは？」

李奈は首を横に振った。「年上の知り合いが受講生でしたけど、丹賀源太郎さんは特にわたしと結びつけて考えてはいなかったようです」

「変だな」鴨原が頭を掻《か》いた。「僕と佐間野さんもついさっき、ここで初めて顔を合わせたんだよ。まだ到着してない樋桁元博さんも、僕たちふたりとも面識がない」

「わたしもです」李奈はいった。「本職の知識を活《い》かして推理小説を執筆し、作家となった皆様方に、塾長さんが興味をお持ちだったようです。わたしは例外ですけど」

佐間野が難しい顔になった。「弁護士の私に、元刑事と元検察官。杉浦さんは数々の裁判に証人として出廷してる。塾長殿は裁判にでも関心があるのかね」

鴨原がうなずいた。「ありうる。刑事裁判ってものを理解したくて、それぞれの立場を集めたとか。ただの本職じゃなく、小説家ばかりに声をかけたんだから、文学上でどう表現するのかを知りたいのかな」

「塾長が教えるのではなく学びたがってると？　それにしてもなぜ閉塾の宴に招いたんだろう」

地鳴りに似た重低音が、建物をびりびりと振動させる。三人は怪訝《けげん》な顔を突き合わせた。

いきなり鴨原が本棚に駆け寄った。「危ない！」

大きなトロフィーが飾られている。大型本が並ぶ段の端に、ちょうどトロフィーを飾るのに適した隙間があるが、前面にガラス戸は存在しない。そのため揺れたトロフィーが落ちそうになっていた。鴨原が間一髪、落下寸前に手で押さえた。

なおも建物の振動がつづく。外から轟音《ごうおん》が響いてくる。近くで工事でも始まったかのようだ。

すると鴨原が襖に向かいだした。「たぶん息子さんだよ。行ってみよう」

李奈は佐間野とともに鴨原につづいた。廊下を玄関のほうへと引きかえす。帆夏の姿はなかった。三人とも靴を履き、引き戸を開け外へでた。

路地から敷地内に乗りいれたクルマが、アイドリング状態で停車している。李奈は面食らった。大型スポーツクーペのツーシーター。地を這《は》うがごとく車高が低い。まったく見たことのない形状をしている。クルマに詳しくない李奈の目には、SF映画にでもでてきそうなデザインに思えた。

佐間野がささやいた。「クヌート・マイネッケ。一億円は下らないスーパーカーだ」

「ほんとですか」李奈は後ずさった。「あまり近くにいちゃまずいですよね。足を滑らせて転んで、ボディを凹《へこ》ませたら大変」

三人の作家はクルマと距離を置いた。だが紋付き袴《はかま》姿の丹賀源太郎だけはちがった。鬼の形相で車体のわきに立つと、ボンネットを容赦なく叩《たた》いた。「さっさとエンジンを切らんか！　近所迷惑だろうが」

轟音がふいに途絶えた。周辺の静けさを実感させられる。クルマのドアは横ではなく上へと開いた。

ほぼ仰《あお》向けに寝るも同然の運転席から、男がゆっくりと身体を起こし降車する。源太郎の口ぶりからして、この人物が息子の丹賀笠都にちがいない。李奈は顔写真の一枚さえ見たことがなかった。まさしくこれが初対面になる。だが姿を目にした瞬間、李奈は開いた口が塞《ふさ》がらなかった。

年齢は三十代半ばから四十歳ぐらいか。短く刈った髪は金いろに染め、オーバルのサングラスをかけ、耳たぶにはピアス。首にはチェーンのネックレス。黒シャツに羽織ったジャケットは、立てた襟の内側がゴールドのサテン生地、全体にも光り輝くスパンコールが入っていた。

どう見ても作家というよりラッパーだった。それもかぎりなく半グレに近い風体といえる。李奈は唖然《あぜん》と立ち尽くしたが、ふと気づくと横に並んでいたはずの弁護士と元刑事がいない。ふたりともさらに数歩後退していた。李奈もあわてて後ずさろうとした。だがそれより早く丹賀笠都が詰め寄ってきた。

間近に立つと笠都は背が高かった。百九十センチ以上はありそうだ。濃いサングラスが李奈を見下ろす。丹賀笠都がいった。「杉浦李奈さんだよね。『雨宮の優雅で怠惰な生活』読んでるよ」

「ど、どうも……」李奈は緊張とともに応じた。『十六夜月』以外の題名、それもライトミステリを読んだという話を、丹賀笠都の口からきかされるとは予想外だった。

笠都はなおもサングラスを外さなかった。「杉浦さんのほうはどう？　俺の小説、読んでくれてたりする？」

声は中年なのに若者のような言葉遣いだ。李奈は困惑をおぼえた。正確には一冊だけ『二極一対』を読みかけたことがある。だが一行目からして〝あおいの巨乳はたわわに揺れた。〟という書きだしだったため、読書意欲が著しく減退した。頑張って読み進めたものの、性的マイノリティへの差別だらけで、数章が限界だった。

李奈は言葉を選びながらささやいた。「すみません。まだ一冊も……。でも以前から興味はありました」

「へえ、興味。そいつはいいな。どんな興味？」

正確には興味というより疑問だった。それも極めて職業的な疑問になる。出版でタブー視される用語ばかりの原稿を、どうやってそのまま本にできているのだろうか。本来ならゲラの段階で、校正者による〝差別用語です〟のエンピツが入り、編集者もけっして見過ごさない。ところが丹賀笠都の本は堂々と、昭和のころに廃れた禁句の数々を、これでもかといわんばかりに連呼する。

李奈は閉口せざるをえなかった。差別用語をなぜ載せられるのですか、そう問いかけたところで、丹賀笠都はたずねかえしてくるだけだろう。どの言葉？　きっとそんな質問をぶつけてくる。むろん李奈がいえないことを承知のうえでだ。

「笠都」父親の源太郎がつかつかと歩み寄った。「お客様に無礼な口をきくな」

「客？」笠都が悪びれるようすもなく源太郎に向き直った。「俺の人選だぜ？　招待も俺の人脈あってこそだろ。親父はただ感謝してろよ」

源太郎の顔面がみるみるうちに紅潮しだした。「この馬鹿が……」

佐間野と鴨原が絶句している。同感だと李奈は思った。笠都の態度はまるで不良中学生だった。これまで丹賀笠都自身が、テレビや新聞に露出した例を見たことがなかったが、その理由がいまわかった気がする。取材はあったかもしれないが、メディアのほうが公表を控えてきたのだろう。

笠都がふたりのスーツに顔を向け、ようやくサングラスを外した。子供っぽい黒目が興味深そうに、佐間野と鴨原をかわるがわる見た。

「えーと」笠都が無邪気な笑顔になった。「佐間野先生は本名だよね？　俺や親父とおんなじ。鴨原先生は？」

鴨原がぎこちない笑いを浮かべた。「僕はペンネームですよ」

「そのほうがいいよなぁ」笠都がまた李奈を見つめてきた。「杉浦さんは？」

李奈は答えた。「本名です……」

「有名になるといろいろ不便だよな。俺なんてめずらしい苗字《みょうじ》のうえに笠都ときた。子供にキラキラネームをつけたがる親は低学歴っていうが、まさしくそのとおりだよ」

ちらと源太郎の顔いろをうかがわざるをえない。李奈は笑顔がひきつるのを自覚しながら笠都にいった。「ご謙遜《けんそん》を。お父様は立派なお方ですし……」

笠都は鼻を鳴らし、軽蔑《けいべつ》のまなざしを父親に向けた。「李奈ちゃん、だまされちゃいけねえぜ。親父はこんな見てくれをしてるけど、じつは中卒だし、塾とかやりたがるのも学歴コンプレックスのなせるわざ……」

源太郎が怒鳴った。「笠都！　さっさとこのクルマを奥に停めろ。こんなとこに置いてあったんじゃ邪魔でしょうがない」

李奈は途方に暮れた。笠都と出会ってまだ数分、李奈ちゃんと呼んできた。いまにも肩に手をまわしてきそうな馴《な》れ馴れしさ。後ずさって距離を置きたいところだが、間近で見上げる笠都の顔には凄《すご》みがある。怖くて足がすくんで動けない。

そのとき別のクルマのクラクションが鳴った。安っぽい大衆車のブザーみたいな音ではなく、きわめて上品な音の響きだった。李奈が振りかえると、狭い路地にこれまた高そうな大型セダンが停まっていた。

後部ドアが開いた。すらりとしたモデル体形が車外に降り立った。薄手のダウンにミニスカート、光沢のある上げ底靴。ボブスタイルの黒髪が小顔を縁取る。抜群のプロポーションながら、まだどこか子供っぽいあどけなさが残る。年齢は十代後半のようだ。

佐間野と鴨原が揃って驚きの声をあげた。李奈も衝撃を受けた。テレビでよく観る顔だからだ。芸能人だった。樫宮美玲《かしみやみれい》、たしか十八歳。子役出身で女優だがアイドル的な人気を誇る。一流企業のCMに多く出演する一方、芥川《あくたがわ》賞作家の北里好哉《きたさとこうや》原作の映画『儚世』の主演も務めた。映画館のスクリーンで『儚世』を鑑賞した李奈は確信した。まちがいない。そっくりさんではない。本物の樫宮美玲だ。

樫宮美玲は不安そうにたたずんでいた。この場にいるひとりずつを順に眺めてくる。目が合いそうになるたび、美玲は顔をそむけ、最後にはうつむくしかなくなったようだ。いまをときめく若きスターが、どうしようもなく場ちがいな住宅街の一角に現れ、体裁を悪くしている。そんなふうにしか見えない。

運転席からスーツの男性が姿を現した。いろづかいが派手めで、いかにも業界人という感じの三十代だった。美玲の降車は不測の事態だったらしく、当惑をしめしつつ呼びとめようとする。

笠都が足ばやに近づいた。「枡岡《ますおか》さん、どうも。さっそくだけど美玲を着替えさせてくれ。和服は屋敷のなかにあるから」

枡岡と呼ばれた運転手が恐縮ぎみに応じた。「近くのコインパークを探してきますので、あらためて樫宮と徒歩で訪ねさせていただきます」

　だが笠都は枡岡にかまわず、美玲の肩を抱くや、屋敷の玄関へと向かいだした。

「ここの敷地内に停めりゃいい。俺のクルマならすぐにどかすよ。美玲、先に着替えろ。おい帆夏」

　美玲は表情を硬くしたものの、笠都の手を払いのけることもなく、黙って歩調を合わせている。ただ周囲の目を気にするように顔をあげた。李奈を眺めると同性だからか、ぐあい悪げに下を向いた。

　玄関の引き戸が開いた。和服姿の帆夏が迎えでる。笠都は美玲を玄関へと押しやるように解放した。美玲は不満げに笠都を一瞥《いちべつ》したものの、戸口へと歩を進めた。帆夏がぎこちない笑みとともにおじぎをしたが、美玲はむっつり黙りこくったまま、屋敷のなかへ消えていった。帆夏が困惑ぎみに追いかける。

　笠都は飄々《ひょうひょう》とした態度で愛車へ戻っていった。垂直方向に開いたドアの下、車内に乗りこもうとする。源太郎は眉間《みけん》に皺《しわ》を寄せ、息子を睨《にら》みつけている。

　鴨原が笠都に話しかけた。「すみません。いまのは樫宮美玲でしょう？　なんでここに……？」

「特別ゲスト」笠都は運転席におさまり、ドアを閉める前にいった。「ってか帆夏と一緒に、きょうの宴《うたげ》を手伝ってくれる世話係だよ。そういう役割は、若くて可愛い子のほうがいいだろ?」

「でも」佐間野がうろたえながらたずねた。「どうやってあんな売れっ子をブッキングできたんですか。しかも宴の世話係だなんて……」

笠都は鼻で笑った。「なに、事務所の社長にちょっとした貸しがあってね。俺ぐらい売れると各方面に顔がきくんだよ。だよな、杉浦さん?」

「え?」李奈はひやりとした。「さ、さあ……」

「なんだ。『十六夜月』の売り上げをもってすれば、業界人をひれ伏させ放題じゃないか。あとでコツを教えてやるよ」

それだけいうと笠都はドアを閉めた。スーパーカーがエンジン音を轟《とどろ》かせる。低い車体がゆっくりと敷地の奥へと進んでいく。枡岡は不服そうな面持ちながらもセダンに乗りこむと、いったんバックさせ、笠都のクルマを追うように敷地へ進入した。奥には二台とも停められるスペースがあるようだ。

源太郎は苦虫を嚙《か》み潰《つぶ》したような顔で、息子のクルマを見送ったのち、李奈たちに向き直った。「愚息が失礼しました。さ、皆様どうぞなかへ。じきに宴の準備が整います」

佐間野と鴨原は顔を見合わせたものの、あの樫宮美玲が屋敷内にいるからだろう、ためらうようすもなく玄関へ駆けこんでいった。

李奈も戸惑いがちに後につづこうとした。源太郎が憤然と庭の奥へ向かったのを、視界の端にとらえた。笠都が駐車しだい、ただちに小言をぶつける気のようだ。

「あの」男性の声が耳に届いた。

振りかえると中年男性のスーツが立っていた。薄くなった頭髪に丸顔。腰を低くしながら近づいてくる。やはり著者近影でお馴染《なじ》み、元検察官のミステリ作家、樋桁元博だとわかる。

「あー、樋桁さんですね。お初にお目にかかります。杉浦です」

樋桁はほっとしたように声を弾ませた。「やはり『十六夜月』の杉浦李奈さんでしたか」

「いまお越しになったんですか？」

「いえ。さっきからそこで見ておりました。なんだか賑《にぎ》やかなようすで、輪に入りにくいなと思いまして」

「どうか遠慮なさらずに。ええと……」李奈はどうすべきか迷った。招待主に知らせるのが筋だろうが、いま丹賀父子《おやこ》は取りこみ中にちがいない。玄関を指ししめし李奈はいった。「なかで佐間野秀司さんや鴨原重憲さんがおまちです。お知り合いですか？」

「いいえ、パーティーの席でお見かけしたことはありますが……。さっきのは樫宮美玲さんでしたね？　いやじつに豪華な宴だ。楽しみになってきました」

李奈は笑顔を保ちつつ小さくうなずいた。結局おじさんたちは十代の芸能人に興味津々なのだろう。樋桁もまた、そそくさと玄関のなかへ消えていった。

ずっと鳴り響いていたスーパーカーのエンジン音が途絶えた。庭の奥から源太郎の怒声がきこえる。なにを喋《しゃべ》っているかさだかではない。耳を澄ます気にもなれない。李奈は物憂げな気分で玄関へ歩きだした。これはいったいどういう趣旨の宴なのだろう。また妙なことが起こりそうだ。

4

宴といいながら、実のところどんな催しなのか、招待客は誰ひとり知らされていならしい。李奈も不安を抱きながら待つうち、やがて日が暮れた。

招かれた広い和室には座布団が並び、それぞれ前にお膳《ぜん》が置いてあった。お膳とは漆塗りの小さなひとり用膳台で、正方形で縦横約四十センチ、高さ約二十センチ。その上に蓋《ふた》つきの椀《わん》が五つ据えてある。

円形の蛍光灯が室内をおぼろに照らす。床の間に近い上座に四人の小説家が並んだ。李奈は真んなか寄りを勧められたが、遠慮して襖《ふすま》に近い端に座った。ずっと正座で食事をするのはなかなか大変そうだった。男性たちはみな胡座《あぐら》をかいている。李奈はそういうわけにいかない。そのうちこっそり足を崩すしかないだろう。

下座には二組のお膳と座布団が、やや間隔を開け横並びに配置された。丹賀父子がそれらに腰を下ろす。笠都は当然のごとく胡座だが、源太郎は背筋をまっすぐ伸ばし正座している。李奈はひそかにため息をついた。いっそう足を崩しにくくなった。

ビール瓶を載せた盆を運んでくるのは、ふたりの和服の十八歳美女だった。ふたりともモデル並みのルックスだが、うちひとりは本当に有名芸能人なのだから、接待される側も落ち着きがなくなってくる。樫宮美玲が忙《せわ》しく入退室するたび、中年男性作家の三人がそわそわした態度をしめす。李奈のなかで疑念が募った。なぜ彼女はここで働かされているのだろうか。

弁護士兼作家の佐間野がおずおずと笠都にきいた。「いったいどういう経緯で、樫宮美玲さんがここで働いているわけで……？」

末席に座る枡岡の顔に蔭《かげ》がさした。枡岡は美玲のマネージャーにちがいない。タレントを立ち働かせる一方、マネージャーは宴の席につく。良心が咎《とが》めているのは表情からもあきらかだった。枡岡は美玲が部屋をでていくたび、何度か腰を浮かせかけたが、笠都が座るよう目でうながした。そのたび枡岡が苦い顔でうつむいた。

笠都は醒《さ》めた顔を佐間野に向けた。「小間使いのひとりに注目するより、まずはこの宴についてきくべきでは？」

佐間野が表情をひきつらせた。「それは、ええ、そのとおりです。ごもっとも」

紋付き袴《はかま》姿の源太郎が咳《せき》ばらいをした。「当塾は平成十五年、私が五十代のころ設立しましてな。文豪に縁《ゆかり》のある由緒正しい地域、かつて本郷と呼ばれていた一帯の、この武家屋敷を借りて学びの窓としたわけです」

源太郎によれば、小説がベストセラー至上主義の名のもと、単なる流行のキワモノと化していくのを黙って見ていられなかったという。それまで丹賀源太郎は純文学の大家だったが、めだった受賞歴はなく、一部の読書家に知られるのみだった。塾の存在も広く認識されているわけではなかった。

渋い顔で源太郎がつづけた。「どんな塾生が集まったか想像してくだされ。ニキビ面の若造や、歳だけ重ねた社会の落伍《らくご》者。推理小説にサスペンス小説、恋愛小説、挙げ句の果てにライトノベルとやらで売れたいとかぬかしだす。私はほとほと参りましてな」

三人の中年作家らが控えめに笑った。元刑事の鴨原がきいた。「入塾には試験があったそうですね？　そういう手合いはとらなかったんでしょう？」

「いや」源太郎は真剣な面持ちになった。「かならずしも純文学を志向していなくとも、光るものがあれば塾生として迎えました。この屋敷のいちばん奥の部屋にある、書架の蔵書を読むうち、純文学の意義を知った塾生も少なくありません」

元検事の樋桁が源太郎を見つめた。「卒業生に有名作家として大成された方は……？」

すると源太郎は居住まいを正し唸《うな》った。「商業主義に毒された出版界で成功する秘《ひ》訣《けつ》など、私は知りません。本当の作家になることとは相《あい》容《い》れないのでね。優れた文芸を書いた卒業生なら何人もいます。しかし世間に名が知れ渡っているわけではない」

笠都が茶化すようにいった。「おかげで入塾希望者の数も右肩下がり。三年前には受講生がたった四人って状況でよ。四人だぜ四人？　麻雀《マージャン》卓でも囲んだほうがマシってもんだ」

むっとした源太郎は息子と目も合わせない。「コロナ禍のせいでもある」

「おいでなすった」笠都は胡座から さらにくつろいだ態度に転じ、両脚をお膳のわき に投げだした。「ここ二年ぐらいで受講者が爆発的増加。じつは俺が流行《はや》りだしたのがちょうどそのころでね。マスコミが騒ぎ始めたのは最近だけど、丹賀笠都の名はとっくに小説読みのあいだに轟いてた」

「おまえの小説への苦情電話が、この塾に殺到した。閉塾をきめた理由のひとつでもある」

「馬鹿いえ。俺のおかげで大勢の入塾希望者が集まったじゃねえか。なのに篩《ふるい》にかけて、一期にせいぜい数十人しか受講させないってどういう料簡《りょうけん》だよ。ここの家賃を清算できる千載一遇のチャンスに、いったいなにをやってたのかって話だ」

源太郎の顔に体裁の悪そうないろがよぎった。ぎょろ目が泳ぐ。あきらかな動揺を源太郎がしめしたのは、きょうこれが初めてにちがいない。

笠都がからかうような口調で内情を披露した。「ここの大家は八十過ぎのおばあさんでね。親父の本の愛読者だったから、破格の家賃でこの屋敷を貸してくれてた。それでもかなり高かったけど、親父はずっとここを住まい兼仕事場にしてきた。おばあさんの家族は反対してたけど、儲《もう》からないのが前提のうちは、むしろ問題なかった」

佐間野がきいた。「というと?」

「家賃の回収なんか、おばあさんの家族もあきらめてたからな。でも俺の本が売れて、丹賀笠都の父親が営む文学塾がマスコミで紹介され、話題沸騰となりゃ話が変わってくる。入塾希望者殺到のニュースに、オーナー一家はそろばんを弾《はじ》きだした。これで溜《た》まりに溜まったツケを支払わせられるんじゃないかってな。ところが……」

「なるほど」佐間野がうなずいた。「受講生を数十名に絞りこんだ少人数体制では、収益があがらなかったわけですか」

「そのとおり。儲けられるときにも儲けない親父に業を煮やし、大家のほうがもう契約を更新できないといってきた。それで閉塾と相成ったわけよ」

恐縮するばかりだった佐間野が、徐々に弁護士らしい尊大さをしめしだした。「源太郎さん。今夜の宴《うたげ》に塾生でなく、私たちのような人間をお集めになったのは、裁判の知識を必要としたからですかな？」

樋桁が当惑のいろを浮かべた。「顔ぶれがちがう。賃貸借契約に関する裁判なら民事でしょう。私や鴨原さんは刑事事件しか知りませんよ」

笠都は笑った。「ご心配なく。親父が家賃でモメてるのはたしかだが、裁判について相談したいわけじゃねえんだ。こう見えて親父は結局、塾生たちが望んだ現代小説の書き方ってやつを、取るに足らないと一蹴《いっしゅう》しきれなくなってよ」

「それなら……」樋桁の目が源太郎に移った。「息子さんにこそ助言を仰ぐべきでしょう。いまや大ベストセラー作家なのですから」

源太郎は憤然と拒絶した。「冗談ではありません！　あんな恥知らずな駄文など小説ではない。笠都は作家にあらず。まだ逮捕されていないだけの犯罪者だ」

笠都が父に吐き捨てた。「俺が無法者だってのかよ？　表現の自由ってもんがこの世にはあるんだ」

「せっかく弁護士先生もおいでなのだから、いちどきいてみればいい。他者を侮辱する言葉が問題視される理由をな。小学生でもわかることだ」

親子喧嘩《げんか》が始まるのを傍観できない。李奈は会話を元へ戻そうとした。「あのう。現代小説についてご興味をお持ちで、わたしたちを招いてくださったんでしょうか」

源太郎がため息まじりに渋々認めた。「いかにも。今後、私も執筆の幅を広げていきたいですすし、別のどこかで丹賀文学塾を再開するにあたり、純文学以外についても教えられるようになっておきたいので」

佐間野が微笑した。「ではまだ塾を継続されるご意思があるわけですね？　いまは一時的な閉塾ですか」

「さよう」源太郎はうなずいた。いいにくかったことをすなおに告白できたせいか、源太郎の表情は和みだした。「この屋敷の家賃も、今後清算していかねばならんですし、執筆業と塾の運営でまかなっていくつもりです」

鴨原も笑った。「そういうことなら、息子さんが家賃を払ってあげては……。大儲《おおもう》けしてるでしょう?」

源太郎はしかめっ面になった。「息子は文無しです」

笠都がにやりとした。「マジだよ。口座残高を見せてやってもいい。宵越しの金は持たねえ主義でよ。ギャンブル好きが高じて散財しちまってる」

李奈は笠都を見つめた。「今年入ってきた印税もですか?」

「当然だろ。六月のダービーにぜんぶ突っこんで溶かしちまったよ。金なんか持ってたって、人から命を狙われるだけだろ」

佐間野があきれ顔になった。「せめて投資で堅実に貯蓄を殖やしていくべきでは……」

「やなこった」笠都は笑い飛ばした。「俺は自分に正直に生きてえんだ。だから親父が再起するための金なんて工面できねえ。でもせめて閉塾の宴には、親父の望みに沿った招待客を集めたくてよ。金はかけねえが声はかけまくった」

それがこの奇妙な宴に至る経緯か。李奈は途方に暮れる一方、そういうこともあるのかもしれないと感じた。丹賀源太郎が純文学に生きる作家なのはたしかだが、笠都の父親だけに、案外じつは俗物的な一面もあるようだ。商売としてはまったく先が見えないと知り、息子を頼りだしている。けれども笠都の差別的小説は、さすがに認められず、すなおに打ち解ける気にもなれない。笠都のほうも、父親に反発するように見えて、どこか共依存のような関係を形成している。まわりくどい態度ながら、父は息子に助けを求め、息子も手を差し伸べている。

源太郎が現代小説を知るにあたり、彼の希望に添う作家らを、笠都が人選し招待した。そこまでの流れはいちおう理解できた。とはいえ首を傾げたくなるところもある。

一時閉塾という知らせを、少なくとも曽埜田璋は受けとっていない。彼は丹賀文学塾の終焉《しゅうえん》を公式サイトの閉鎖で知った。受講料の残金について、曽埜田は特に返還を求めていないものの、なんらかの連絡だけはほしいとこぼしていた。閉塾の宴も部外者ばかりを集め、受講生はひとりも招待しない。源太郎がこれでかまわないと思っているのなら、塾長としての責務を果たしたとはいいがたいのではないか。

笠都が両手を二度打ち合わせた。「硬《かて》え話は終わりだ。さあ飲もうぜ」

和服のふたり、美玲と帆夏が厳かに入室してきた。中年作家らの態度が如実に変化した。美玲がグラスを掲げるよう勧めつつ、みずから酌をする。最初にビールを注がれた佐間野は、すっかりでれでれした表情を浮かべていた。鴨原と樋桁も期待に目を輝かせている。

　帆夏も酌を始めた。樋桁のグラスにビールを注ごうとする。すると樋桁はグラスをひっこめた。とっさの反応だったようだが、直後に樋桁はばつの悪そうな顔になった。帆夏が困惑ぎみにビール瓶を宙に浮かせたまま静止した。中年男性作家らがみな、美玲に酌をしてもらいたがっている、そのことを察したようだ。

　李奈は帆夏を傷つけたくなかった。「帆夏さん。オレンジジュースをもらってもいいでしょうか」

「はい」帆夏が笑顔を取り繕い、新たにオレンジジュースの瓶の栓を抜いた。

　美玲のほうは、もう仕事と割りきったのか、芸能人らしい微笑とともに酌をしつづける。ためらいはまったく感じさせず、招待客をもてなすためのサービスに徹していた。

　ビールをなみなみと注がれた佐間野は、いまやすっかり上機嫌になっていた。「ありがとう。まさか樫宮美玲ちゃんに酌をしてもらえるとは……。一生の思い出になります。ツーショットをお願いしてもいいかな?」

　美玲の笑顔がわずかに曇った。マネージャーの枡岡が表情を険しくし、立ちあがる素振りをしめした。

笠都は番犬の飼い主のように、片手で枡岡を制したのち、佐間野に釘《くぎ》を刺した。「あいにく撮影は禁止なんでね。芸能人には〝ギャラ飲み〟って仕事もあるし、こういうのも営業のうちなんだが、画像が流出するといろいろ誤解を生むんでね」

佐間野は目の前の美玲にきいた。「こういう宴に呼ばれて、酌をする仕事もふだんからあるわけですか？」

すかさず枡岡が苦言を呈した。「とんでもない。ふつうはありません。今回は特例です。由緒正しき丹賀文学塾の閉塾の宴というお話でしたし、丹賀笠都さんからうちの社長への、たっての頼みということだったので……」

笠都が遮った。「社長さんと俺は昔からの知り合いでね。あいつがちっぽけな芸能事務所を立ちあげるにあたり、俺も少し羽振りがよくなってきたころだったから、資金を工面してやった。その後、首尾よく樫宮美玲がスターに育った。ときどきは恩返ししてもらわねえとな。親父が宴に望んだから来てもらった」

源太郎があわてぎみに咳《せき》ばらいした。「飲みながらでいいから、本題に入りたい。私は現代小説の基本から知りたいと思っていましてな。まず最近は出版社からどのようなことを求められておられますか」

美玲はさっきまでの大人たちの会話にも動じず、プロっぽい笑顔を維持し、鴨原のグラスにビール瓶を傾けた。

グラスを呷《あお》った鴨原が満面の笑いとともにいった。「出版社からの要請ですか。そういえば私にかぎらず、ミステリを書く作家全員にお触れがあったな。整備不良の潜水艇でタイタニック号を見に行き、爆縮で全員死亡、じつは生きていたって話は禁止」

佐間野が笑い声を発した。「私も担当編集からいわれたよ！先日そういう事故が実際に起きて、ニュースでも報じられたでしょう。水圧で爆縮する瞬間、潜水艇が潰《つぶ》れるだけじゃなく、核爆発に匹敵する熱を発すると。つまり乗組員の死体はかけらも残らない。あれを利用して、登場人物を死んだようにみせかけるトリックは御法度だと」

樋桁も美玲からビールを注がれ、無邪気に顔を輝かせていた。「誰もが同じトリックでミステリを書いてくるので、どの版元も業を煮やしたようです。死体が残らず死亡が認定される、合理的な方法があれば、飛びつきたくなるのが推理小説作家ですからね」

佐間野が苦笑した。「私が書こうとしたプロットは少しちがう。潜水艇から生き残ったふたりが、死んでしまった一名の遺言をきいていた。遺産をもらえると知った第三者は大喜び。でもその死者は潜水艇の搭乗以前に、別の内容の遺言書をしたためて、公証役場に預けてあったんだ」

樋桁はさも嬉《うれ》しげにグラスを空にした。「じつは遺言書があったってオチですか？そりゃそっちが優先されてしまうでしょうね。どんでん返しにしちゃ、ちょっと弱すぎないですか」

佐間野の頬筋がひきつった。鴨原は我関せずとばかりにビールをすすり、さかんに美玲に色目を投げかける。美玲もプロに徹しきり、魅力的な笑顔をかえし、中年作家たちに酌をしつづける。

帆夏がひとり蚊帳《かや》の外に置かれている。複雑な表情とともに帆夏は立ちあがった。空瓶を載せた盆を運び、一礼したのち廊下へでていく。李奈はそんな帆夏が気になった。後ろ姿をじっと見送る。

笠都が呼びかけてきた。「李奈ちゃんはどうだよ？　潜水艇のトリックが御法度とかいう話、担当編集からきかされてるのか？」

「え？　いえ」李奈はぼんやりと応じた。「べつにそんなことはいわれてません」

「俺もだ。どうやら売れてる一流作家には無縁のお触れらしいな」

鴨原は機嫌を損ねたようすもなく、グラスを美玲に差しだした。「どんな嫌味も甘んじて受けいれますよ、こんな天国に招いてくださったんですから」

丹賀父子《おやこ》はほぼ同時に笑い声をあげた。案外ふたりとも意気投合しているようだ。佐間野や樋桁も、美玲の酌を心から喜んでいる。美玲も依然プロ意識を崩さない。枡岡ひとりがはらはらしながら見守っている。

李奈はそっと立ちあがった。盛りあがる宴《うたげ》を中座し、ひとり廊下へでた。

廊下の途中に分岐があった。直角に折れた先に向かってみる。暖簾《のれん》がかかっていた。その先は土間の厨房《ちゅうぼう》だった。十畳ほどの広さがあり、板前服がふたり立ち働いているが、食事自体はケータリングだとわかる。調理をここでおこなうのではなく、事前に作られた物を搬入し、盛り付け作業をおこなうにすぎない。厨房の奥には勝手口の引き戸があるが、いまは閉じられていた。

帆夏が冷蔵庫の前にしゃがんで、ビール瓶をとりだしては盆に載せている。李奈は土間に下りるためサンダルを履き、帆夏のもとに歩み寄った。

「あのう」李奈は声をかけた。「手伝いましょうか」

振りかえった帆夏が微笑した。「いえ……。だいじょうぶです。仕事ですから」

「……樫宮美玲さんが来ることを知ってましたか?」

「もちろんです」帆夏は盆を持ちあげつつ身体を起こした。「わたしも同じ事務所なんです。バーターとして同行してます」

李奈は驚いた。「バーターって……。出演でもないのに」

「まだメディアにはいちどもでてません。あの、杉浦さん。『十六夜月』の映画化って、もう出演者はきまってるんでしょうか」

「いえ……。映画化ってのも噂が流れてるだけです。ここだけの話、どの映画会社とも契約に至ってません」

「そうなんですか……。皐《さつき》って女子高生の役がありますよね？　あれは誰が演じ……」

帆夏は言葉を切った。笑顔に複雑ないろが交ざった。きょう出会ったばかりの帆夏に、皐役が検討されることがあるなら、ここにいる美玲が無視されるはずがない。思いがそこに及んだようだ。

李奈は否定しようとしたものの、帆夏は黙って頭をさげ、廊下へと立ち去った。もやっとした気分が胸のうちにひろがる。樫宮美玲もここへ派遣されるにあたり、仕事を獲得するチャンス、そんな説明がなされていたのだろうか。無責任だと李奈は思った。芸能事務所が期待するほど、原作者にキャスティングの権限はない。

5

食事は小鉢に刺身盛り、ヒレステーキと焼物、中皿、伊勢海老《いせえび》の具足煮あたりだった。李奈は厨房をのぞいてしまったためか、どれも冷凍食品のような味わいだと感じていた。中年男性作家三人はアルコールが入ったせいだろう、特に不満げな顔もせず平らげた。笠都が食い散らかす一方、源太郎のほうは背筋をきちんと伸ばし、礼儀正しく箸《はし》を進めた。

とはいえビールから日本酒やウィスキーに切り替わったこともあり、源太郎もすっかり赤ら顔だった。ときおり親子喧嘩《げんか》が挟まるものの、その直後には笠都の冗談に源太郎が笑い声をあげたりする。特に険悪な空気にはならず、宴の時間が過ぎていった。

李奈はときおり酒を勧められたが断わった。半ばしらけた気分で同席するしかないものの、足を崩しても咎《とが》められない空気は幸いだった。

徐々に宴の趣旨がわかってきた。源太郎は要するに、これまで縁のなかったミステリ系の作家と、とにかく親睦《しんぼく》を深めたがっているようだった。本業の知識が下地にあり、現実味のある小説を書いた著者たちに、今後の創作へのアドバイスを求めている。

知恵を借りるため、共作というかたちをとるのも悪くない、源太郎はそこまで言及した。依然として威厳ある口調を保ちつつも、源太郎の手によるミステリが出版に至ったあかつきには、帯に推薦文をよろしくとねだったりもしている。

どこか既視感があると思ったが、よく考えてみると、まったく駆けだしのころの李奈自身だった。李奈は源太郎の振る舞いについてそう思った。態度だけは尊大なものの、先輩作家らに取りいろうと必死で、ノウハウを学ぶか名前を借りるか、とにかくこの機をなんとか生かしたいと躍起になっている。もっとも、かつての李奈は内気の極みで、思いだけが先走り、けっして言葉にすることはできなかったが。

源太郎は純文学から大衆文学に舵《かじ》を切る気なのだろう。つまるところ息子の影響が大きいようだ。丹賀笠都の大成功に対し、露骨な嫌悪感をしめしつつも、本が大きく売れれば未払いの家賃も清算できる、その誘惑に抗《あらが》えずにいる。とはいえ息子の差別的小説は模倣できないため、現実路線で評価を得ている作家陣を呼び、創作のヒントや足がかりを得ようとしている。純文学ではありえないほどの大ヒットに目が眩《くら》んだのかもしれない。息子と同居しているわけでなくとも、親子の間柄で成功をまのあたりにしていれば、己の信念も揺らぐものなのだろうか。

李奈は丹賀源太郎の作品を何冊か読んでいた。文学史に残るほどの名作というわけではなくとも、著者の誠実な人柄が垣間《かいま》見える、素朴な文芸という印象だった。飾らない表現が胸に沁《し》みたのをおぼえている。今後はそんな丹賀源太郎評を撤回せざるをえなくなるのか。ミステリの分野に進出しようとも、従来の作品にあった長所が残る可能性はあるものの、ここでの会話をきくかぎりでは、正直あまり期待できそうにない。とはいえ二十代の李奈がでしゃばって異議を唱えるのは、宴の盛りあがりをぶち壊しにする行為に思える。

ときおり会話につきあうだけの出席者は、李奈のほかにもうひとりいる。枡岡は無口なぶんだけ酒が進んだのか、顔が真っ赤に染まっていた。丹賀父子と三人の中年男性作家らが笑いあうなか、枡岡は腰を浮かせると、おぼつかない足取りで李奈に近づいてきた。

「杉浦先生」枡岡は近くで両膝《りょうひざ》をつき、真顔でささやいてきた。「申し遅れまして…。私、サファイアプロダクションの枡岡と申します」

名刺が差しだされた。枡岡隆義《たかよし》。肩書きはチーフマネージャー、マネージメント部部長。事務所の所在地は目黒《めぐろ》区青葉台《あおばだい》、マンションの一室だった。

李奈は頭をさげた。「杉浦です」

「『十六夜月』の映画化とテレビドラマ化が同時に進行してるとか」

「……そうなんですか？」

とぼけていると思ったのか、ふっと枡岡は笑った。「皐という女子高生がでてきますよね。彼女の配役は決定済みなんでしょうか」

思わずちらと視線を走らせる。樫宮美玲は酌をしていた。鴨原の御猪口《おちょこ》に酒を注いでいる。笑顔を鴨原らに向けつつも、こちらに聞き耳を立てているようだ。

しかもその近くに帆夏もいる。当初は美玲の酌ばかり求めていた中年男性作家らも、しだいにそれが当たり前になってくると、もうひとりの女の子に興味が湧きだしたらしい。帆夏はいま佐間野の相手をしている。賑《にぎ》やかな会話はガールズバーのようだった。とはいえ帆夏もやはり、枡岡と李奈の会話が気になるらしく、ときおり心配そうなまなざしで見つめてくる。李奈は胸が痛くなった。十代の子ふたりの心をもてあそびたくない。

李奈は首を横に振ってみせた。「なにもきまってませんよ」

枡岡が退かない素振りをしめした。「鳳雛社の宗武編集長にききました。東宝と東映、松竹、KADOKAWAで映画化権の争奪戦。テレビドラマのほうもNHKと民放各局から打診があったとか」

あのお喋《しゃべ》りおじさんめ。李奈は表情を変えないよう努めた。「企画書を提出なさった会社と、まだの会社の両方があって、鳳雛社さんも検討の段階です」

「杉浦先生は？　どこで映像化してほしいとか希望はおありですか」

「初めてのことですし、よくわからないので……。そのうちじっくり考えてみます」

櫻木沙友理から助言を得ていた。映像化に関し原作者のとるべき行動は、契約書に署名捺印《なついん》するかしないか、その二択しかないと。いったん契約を交わしてしまったら、邦画にありがちな安っぽく陳腐な演出になろうとも、薄幸の主人公を演じる女優が宣伝のためテレビに出演してはしゃごうとも、映画に似つかわしくないハードロックのテーマ曲をあてがわれようとも、いっさい文句はいえない。すべてを許せる神のような心境にならないかぎり、映像化の要請に応じてはならない。沙友理は興奮のあまり涙ながらにそううったえてきた。李奈は思わず吹きだしそうになったが、沙友理はよほど辛《つら》い思いをしたのだろう、笑うに笑えない雰囲気になった。

いまも冗談で煙《けむ》に捲《ま》けるような状況とは思えない。李奈はなるべく誠実に答えた。

「わたしは小説家ですので……。映画やドラマの企画者じゃありません。まして出演者の選別には口だしできないんです」

「そうはおっしゃいますが」枡岡が血走った目で睨《にら》みつけてきた。「たとえば皐役を樫宮美玲にしないかぎり、映画化を承認しないとおっしゃれば、先方は従わざるをえなくなりますね？」

美玲が平然と酌をつづける。自分の名が耳に届いたのはあきらかだが、きこえないふりをしているようだ。帆夏のほうは表情を曇らせた。視線も下がりぎみになっている。

李奈のなかに苛立《いらだ》ちがこみあげてきた。「枡岡さん。申しわけないんですが、原作者側から映像化に条件をだした場合、先方が受諾するとはかぎりません。企画そのものが流れる可能性もあります」

「いや。『十六夜月』のような大ベストセラーが、まさかそんなことは……」

「小山帆夏さんや樫宮美玲さんを皐役に検討してくださいと、わたしが先方にいうのは可能でしょう。その後はどうなるかまったくわかりません。先方まかせです。できることはそれだけですが、映像化が未確定な以上、現段階ではなんの約束もできません」

わざと帆夏の名を先に挙げた。ふたりを同列にあつかったうえ、原作者の立場もはっきりさせておく。李奈が語気を強めたせいか、宴《うたげ》の列席者らがみな注目してきた。枡岡は居心地悪そうに、とにかくよろしくお願いします、そうささやいてから自分の席へ戻っていった。

笠都が酔っ払った顔を向けてきた。「なんだ？　李奈ちゃんには映画化の話があるのか。うらやましいな。俺なんか片っ端から蹴《け》ってやったよ。差別的表現はすべて変えさせていただきますとか、三流プロデューサーがいいやがったからな。ヘドがでる」

源太郎が蔑《さげす》むような目で笠都を見つめた。「おまえの価値観のほうが問題だ」

「俺の作品にこめた魂をぜんぶ抜きとって、なにを作ろうってんだよ。あいつらがほしがってるのは、ベストセラーになった原作の題名だけさ。それでとりあえず企画書がでっちあげられるし、仕事を成立させる第一歩を踏みだせるからな。ハリウッド版『ドラゴンボール』の二の舞はご免だね」

中年男性作家らが笑うなか、美玲が隙を突くように抜けだし、李奈のもとににじり寄ってきた。美玲がきいた。「オレンジジュース、おかわりはいかがですか」

「もうあとは烏龍茶《ウーロン》で……」

美玲が烏龍茶の栓を開けた。李奈の手にしたグラスに瓶を傾けつつ、美玲は小声でささやいた。「ありがとうございます。バシッといってくださって」

「……やっぱり皐役を得るための仕事だときかされてたんですか」

「それもあります」美玲はちらと枡岡を見た。枡岡はふてくされたようすで、自分の席で酒を呷《あお》っている。美玲が李奈に顔を近づけ、いっそう声をひそめていった。「うちは小さな事務所ですし、社長さんも枡岡さんも、どう仕事をとってくればいいのか、よくわかってないところがあるんです。だから丹賀笠都さんの誘いを断わりきれなかったみたいで」

帆夏も空き瓶を片付けながら近くに来た。ほっとしたような微笑とともに頭をさげてくる。美玲が帆夏を振りかえった。帆夏のほうは多少萎縮《いしゅく》する気配があったが、ふたりとも笑みを交わした。上下関係はあるかもしれないが、けっして仲は悪くなさそうだ。むしろ今晩の仕事の不本意さや、枡岡のふがいなさへの反感は、ふたりに共通する心情のようだった。

いきなり戸を叩《たた》く音が響き渡った。それもせわしなく何度も繰りかえし叩く。丹賀父子《おやこ》と中年男性作家らは談笑していたが、全員がびくっとし黙りこくった。

なおも音がこだましつづける。誰かが外から戸をさかんに叩きつづける、そんな音にちがいなかった。ただしきこえるのは玄関の方向ではない。

笠都が襖《ふすま》に目を向けた。「厨房《ちゅうぼう》の勝手口かな」

「はて」源太郎がふしぎそうな顔をした。「いまごろ誰が来る?」

「ここの主《あるじ》は親父だろ。俺が知るかよ」笠都は腕時計を見た。「十時すぎか。料亭の兄ちゃんたちじゃねえか？」

「九時には帰ったはずだがな。器を引き取るのも明日《あした》だ」

「忘れ物を取りに来たのかもな。美玲、勝手口に鍵《かぎ》をかけたのか」

「はい……。開けっぱなしじゃ不用心なので」

「見てきてくれよ」

美玲は腰を浮かせかけたが、枡岡がすかさず咳《せき》ばらいをした。スターが使い走りにされるのを静観できないらしい。

李奈は立ちあがろうとした。「わたしが見てきます。厨房ならさっきも訪ねましたし」

「いえ」帆夏が先に動きだした。「お客様にご迷惑はかけられません。わたしが」

スターではないからか、今度は枡岡も無言で見送るつもりらしい。帆夏は枡岡に呼びとめられないことに、かすかな失望をしめしたようだ。けれども李奈の思い過ごしかもしれない。帆夏は足ばやに廊下へとでていった。襖を閉める前に一礼するのも忘れなかった。

鴨原が冗談めかしていった。「塾生さんが来たんじゃないですかね。閉塾の宴に俺たちを呼ぶのを忘れてるよと」

笠都が笑った。「そんな陽気な奴がいれば喜んで迎えてやるよ。いちど塾をのぞいたことがあったけど、親父が選んだ受講生ってのは、どいつもこいつも陰気そうな輩《やから》ばかりでよ。真面目だけが取り柄の、まるで面白みのなさそうな奴らだ。区民だよりのくだらねえコラムは書けても、小説なんか書けねえだろうぜ」

源太郎が叱った。「黙れ。おまえみたいに軽薄な人間に純文学は手がけられん。それだけの話だ」

「そんな親父が軽薄な息子を頼るしかなくなってる。純文学作家のプライドの高さだけじゃ食っていけねえよな」

笠都が塾をのぞいたのはいつごろだろう。李奈はぼんやりとそう思った。もし最近なら、〝陰気そう〟で〝面白みのなさそうな〟塾生のなかに、曽埜田璋が含まれてしまう。

しばし時間が過ぎた。李奈はスマホの時刻表示を見た。午後十時七分。厨房へ行った帆夏がまだ戻らない。どうかしたのだろうか。

そう思ったとき、またも戸を叩く音が響き渡った。さっきより荒々しく、絶え間なく繰りかえし叩きつづける。

みな静まりかえった。いったん音はやんだものの、すぐにまた再開した。せわしなく十数回も戸を叩いたかと思うと、急に音が途絶える。しばらくすると、今度は間隔を置き、ゆっくりと戸を叩く音が反響した。

佐間野が眉《まゆ》をひそめた。「どうしたんだ？　さっきの彼女は戸を開けなかったのか？」

源太郎も不審げな顔になった。「なかから開けるのに鍵は必要ないはずだがな。どれ、行ってみるか」

笠都がやれやれといいたげに腰を浮かせた。「親父はここにいてくれ。主がいなくなったんじゃ客人が戸惑うだろ」

酒が入ったせいかふらつくものの、笠都は襖を開け、廊下へとでていった。後ろ手に襖を閉める。足音が遠ざかっていった。戸を叩く音は、なおも断続的につづいていたが、やがて静寂が戻った。笠都が勝手口を開け、応対したのかもしれないが、なぜか話し声はきこえない。

樋桁がつぶやきを漏らした。「こんな時間に乱暴に戸を叩くなんて、よほど急ぎの用が……」

鴨原はふとなにか思いついたように、気まずそうな表情を浮かべた。佐間野は樋桁を目で制した。樋桁も失言だったといいたげな顔になった。

源太郎は三人を訝《いぶか》しげに眺めていたが、やがて豪快に笑いだした。「心配なさらんでください。ここの大家は借金の取り立てのように押しかけたりはしません」

中年男性作家らは当惑ぎみに笑った。枡岡がひとりしらけた態度で酒を呷る。美玲は空き瓶の片付けに忙しかった。

李奈のなかには不安だけがあった。笠都が戻ってこない。来客との立ち話が長引いているだけなら、声はここまで確実に届く。沈黙がつづくのは変だ。なにより笠都より先に厨房に向かった帆夏はどうなったのだろう。

佐間野もだんだん心配が募ってきたらしい。疑わしげな顔をあげた。「妙ですね。静かすぎますよ」

源太郎は取り合わない姿勢をしめした。「なに、すぐ戻ってきます」

みな口をつぐんだ。誰もが不審そうに耳をそばだてている。

やがて鴨原が控えめにうったえた。「ようすを見に行ったほうが……」

もぞもぞと全員が立ちあがりだした。源太郎も今度は異論を唱えなかった。美玲が立つやマネージャーの枡岡も、当然のごとく腰を浮かせた。部屋にいた七人はみな襖へと向かい、廊下にでて歩きだした。

廊下の角を折れると、行く手に暖簾《のれん》がかかっている。暖簾はなぜか揺らいでいた。

一同は黙々と廊下に歩を進めた。近づいてみると暖簾の揺れる理由がわかった。風が吹きこんでいる。

七人は厨房に入った。土間の室内は明かりが点《つ》けっぱなしだった。山ほどあるケータリング用クールバッグは、料理をだし終えたのち、きちんと片付けられていた。グラスや器など洗い物はシンクに溜《た》まっている。いかにも作業途中という感じだが、ひとけはない。

源太郎が困惑ぎみに呼びかけた。「笠都!」

枡岡もしだいに焦燥のいろを濃くしていった。「帆夏?」

返事はない。勝手口の引き戸は開け放たれていた。外は真っ暗だった。風が流入するたび、木々の枝葉を擂《す》り合わせるノイズが、ざわめきのように耳に届く。物音はそれだけだった。

6

土間に下りるためのサンダルが並んでいるため、玄関まで靴をとりに行く必要はなかった。李奈はサンダルを履いた。ほかの面々も同じようにした。勝手口の開放された引き戸に近づく。

以前の李奈なら及び腰だったにちがいない。いまは誰かの後につづく気はなかった。真っ先に暗がりのなかへ駆けだしていった。

サンダルの底が石畳を踏みしめたのがわかる。むかしより肝が据わった李奈だったが、いまは思わず立ちすくんだ。完全な闇だった。まるで目を閉じているかのようだ。都内の住宅街だというのに、この暗さはなんだろう。小雨が顔に降りかかるのを感じる。夜空を仰いだが月も星も見えない。厚めの雲が覆っているようだ。風が強めに吹きつける。枝葉のざわめきはきこえても、木々の梢《こずえ》が揺れるさまは見えない。キンモクセイの甘いかおりが漂ってくる。

勝手口から漏れだす光により、人影が外にでてくるさまだけは、かろうじて視認できる。ただし表情まではっきりしない。

「うわっ」鴨原の声がきこえた。「なんだよ。真っ暗じゃないか」

源太郎の声が唸《うな》るようにいった。「明かりをとってくるか」

「いや」佐間野が呼びかけた。「みんなスマホを持ってるだろ。懐中電灯機能をオンにしよう」

樋桁の声が戸惑いぎみに告げた。「私のは古くて、そういう機能は……」

「画面を灯《とも》すだけでもいい。充分に明るいよ」

そこかしこでスマホの画面が点灯する。李奈もスマホをとりだし、タッチパネルをタップした。ライトの照射を暗がりに向ける。光線のなかに霧雨の降るさまが浮かびあがった。

近くに立つ人影が誰なのか判別できるようになった。中年男性作家三人の不安げな表情が辺りを見まわす。源太郎はスマホを持っていないが、李奈を含む四人の光源の近くにいれば、彼の頭髪や髭《ひげ》の白さまでも明瞭《めいりょう》になった。年輪のように刻まれた無数の皺《しわ》が、このうえなく険しい面持ちを形成する。

源太郎が怒鳴った。「笠都！」

呼応するように枝葉が騒々しくざわめいた。風が強くなっている。それ以外は沈黙だけがかえってきた。

「まった」鴨原が辺りに視線を配った。「美玲さんは？」

すると勝手口の奥から枡岡の声がきこえてきた。「私たちはここです。美玲を外にだすわけにいかないので」

李奈は勝手口をのぞきこんだ。枡岡と美玲はサンダルを履かず、土間の下り口付近に留《とど》まっている。美玲は不安のいろを濃くしていた。

佐間野が枡岡にきいた。「マネージャーなのに帆夏さんのことが気にならないのか」

枡岡はこわばった表情で答えた。「もちろん気になります。でも美玲のもとにもいてあげないと」

樋桁が勝手口に近づいた。「私が代わりましょうか。美玲さんと一緒にいてあげますから、あなたは帆夏さんを捜しに……」

「いえ」枡岡はきっぱりと断わった。「申しわけありませんが、帆夏をよろしくお願いします」

鴨原がじれったそうにつぶやいた。「油を売ってばかりじゃ意味がない。付近を捜そう」

佐間野は周辺の木々を照らした。「源太郎さん。ここの両隣も民家でしょう？　というより辺り一帯は住宅街ですよね？」

「いかにもそうだが」源太郎が佐間野に歩み寄った。「隣近所は空家が多いのです。それぞれ所有者はいるんだが、老朽化しすぎて放置されたままになっていて」

「あー、取り壊しに金がかかるし、ここらだとセットバックしなきゃいけないからですね。建て替えたら事実上住めなくなるほど、小さい家になってしまう」

「そうです。建て替え自体が不可能な旗竿地《はたざお》の家屋も目につきます」

「都心部でもこういう区画が点在します。土地を売ったら売ったで高い税金を絞りとられるのでね」

　この武家屋敷もそのひとつだろう。ここほど古い民家はほかに残っていないようだが、昼間目にした住宅はどれも昭和の建築に思える。とはいえ千駄木三丁目だ。住宅密集地ゆえ、数軒離れれば人の居住もあるだろう。空家が集まっているとしても、このごくかぎられた一角のみにちがいない。

　李奈は暗闇のなかに声を張った。「帆夏さん！」

　反応は皆無だった。足音どころか人の気配すら感じられない。

　佐間野が唸った。「付近を捜そう。みんな散って手分けしたほうが早い」

「でも」鴨原が李奈に目を向けてきた。「杉浦さんや源太郎さんをひとりにするわけには……」

　源太郎がむすっとした。「私を気遣うような物言いのわりに、杉浦さんだけを見ているようだが？　老体扱いはご免こうむります」

　樋桁がおずおずと申しでた。「なら私が杉浦さんと行動をともに……」

　間髪をいれず鴨原が遮った。「僕が一緒に行くよ。杉浦さんとは古いつきあいだし」

推理作家協会の懇親会で立ち話しただけだ。李奈は遠慮がちに否定した。「古いつきあいというわけでは……」

源太郎が語気を強めた。「私が杉浦さんを守る」

「よし」佐間野が歩み寄ってきた。「私が源太郎さんと杉浦さんに付き添う。樋桁さんは駐車場の辺り、鴨原さんは家の裏側。私たちは玄関前を中心に捜索しよう」

鴨原と樋桁があきらかに難色をしめしたが、反対の声があがるより早く、佐間野が李奈をうながしてきた。源太郎もさっさと動きだした。李奈は一緒に歩調を合わせた。

勝手口前を立ち去りぎわ、佐間野が戸口に声をかけた。「枡岡さん。念のため屋敷のなかを見まわってください」

「わかりました」枡岡の声が応じた。

李奈と佐間野、源太郎の三人は屋敷の外壁沿いを歩いた。庭には木立があるが、その向こうはブロック塀だ。隣の家は暗くて見えない。

クルマが駐車場へ乗りいれたのとは逆側になる。こちら側は木々が鬱蒼《うっそう》と生い茂り、軽自動車どころかバイクの走行も容易とは思えない。李奈は源太郎にきいた。「勝手口が駐車場とは反対側にあるんですね？　不便じゃないですか」

「やむをえんのですよ」源太郎は歩きながら応じた。「本来はこっちの塀に裏門があって、隣は畑だったときききました。正式に客を迎えるときには正門から玄関、ふだん使いは裏門。反対側には離れがありました。いまは正門がなくなり、離れが取り壊された跡地を駐車場にしとるんです」

闇に目が慣れつつある。屋敷の前面を走る路地がうっすらと見えてきた。この暗さは街路灯がないせいだとわかる。そういえば電柱も正面には建っていない。年代ものの武家屋敷周辺に、無粋な設備を配置しないでほしいと、かつてオーナー一家が要請したのだろうか。そう思えるほどの不自然な暗がりが生じている。

玄関先にもひとけはなかった。この屋敷には玄関ポーチのひとつもない。李奈たちは路地にでた。遠方の街路灯や民家の窓明かりのおかげで、屋敷の敷地内よりはぼんやりと明るい。通行人は誰もいない。笠都、と源太郎が呼んだ。李奈も帆夏さんと呼びかけた。あまり声は張れない。もう十時台だし、近所迷惑になってしまう。あるいはむしろ近所を訪ねてまわり、詫《わ》びながら状況をきくべきだろうか。誰か来ませんでしたかとか、足音をききませんでしたかと。

李奈はふたたび源太郎に問いかけた。「ご近所に笠都さんが立ち寄りそうなところは……？」

「ありません。あいつは六本木《ろっぽんぎ》のタワーマンション暮らしで、ここいらにはめったに寄りつかんのです。私も塾を運営しつつ、この屋敷を借りとるだけなので、長く住んではいても近所には疎い。都内はそんなもんでしょう」

佐間野が源太郎を振りかえった。「笠都さんはご結婚されてるのですか」

「いや、まだ独り身だ。なぜそんなことをお尋ねになる？」

帆夏が一緒に姿を消してしまったからだ。李奈も質問した。「笠都さんは帆夏さんを呼び捨てにしてましたが、以前からの知り合いですか」

源太郎は首を横に振った。「わからん。きょうは早いうちから来て、厨房《ちゅうぼう》の準備に入ってくれましたが、私も会ったことはなかった。若い子が和服二着と必要な物を持って、先に現れると笠都からきいただけです」

「厨房にいた板前服のおふたりは……？」

「その後すぐに到着しました。ワンボックスカーで料理を運んできてくれた。彼らは私の通っとる料亭の人間だが、ケータリングを頼んだのは笠都です。そういうサービスをしとるとは知らなかったが、笠都がネットで案内を見つけたといって」

駆けてくる靴音がした。はっとして三人とも振り向いたが、息を弾ませながら現れたのは、鴨原と樋桁だった。

佐間野がきいた。「どうだった？」

「いない」鴨原が困惑顔で応じた。「屋敷の周りをぐるっとめぐったが、どこにも人影はない」

樋桁も憂いのいろを浮かべていた。「笠都さんのクルマは置きっぱなしだが、人が立ち寄った形跡もない」

「すると」佐間野が路地の遠くを見やった。「ふたりとも徒歩でどこかへ行ったのか？　コンビニへでも買いだしにいったとか……」

源太郎が納得いかなそうにいった。「戸を叩《たた》いたのは誰かね？　迎えに来る人間など思い当たらんし、息子もいい歳をして、知らない誰かについていくなどありえんのですよ」

佐間野が頭を掻《か》いた。「一一〇番に通報するのは大げさかな」

元刑事の鴨原がため息をついた。「それこそありえないよ。笠都さんは三十八歳だっけ？　何日も帰ってこないのならともかく、まだせいぜい十数分だろ」

「帆夏さんは十八だ」

「いまの法律じゃ成人だよ」

縁のない男女が揃って消えたとなれば問題だ。けれどもそう考えるのは早計すぎるかもしれない。当然次にすべきことを李奈は提言した。「スマホに電話してみるべきじゃないでしょうか」

源太郎が玄関に向かいだした。「そうしよう。笠都の電話番号ならわかる」

ところがそのとき、玄関の引き戸が横滑りに開いた。戸口には枡岡と美玲が立っていた。ふたりとも困り果てたようすでたたずんでいる。

枡岡は両手にスマホをひとつずつ持っていた。「帆夏に電話してみたんですが、厨房で着信音が鳴っていて……。スマホが置きっぱなしでした。それとお座敷の笠都さんの席にも、彼のスマホが」

全員が気鬱《きうつ》な表情を突き合わせた。李奈もひどく落ち着かなくなった。ここは都心部だ。人里離れた村落などではない。ひょっこり帰ってくる可能性もある。それでも姿の消し方が奇妙だった。帆夏が一緒にいなくなったのも不可解にすぎる。

佐間野が枡岡にたずねた。「笠都さんは帆夏さんと……。そのう、特別な仲だとか、そういうことは？」

枡岡が憤りをのぞかせつつ否定した。「あの人は社長と知り合いなので、事務所に何度か立ち寄ったことがあるだけです。美玲のほか、もうひとり宴《うたげ》に派遣してほしいといわれ、社長が帆夏を選びました。笠都さんとはいちど事務所で顔を合わせたかもしれませんが、それぐらいの関係です」

　李奈は遠慮がちにいった。「笠都さんはここに到着したとき、帆夏さんにずいぶん馴《な》れ馴れしい態度をとってましたが……」

「そういう人です」枡岡が不快そうに吐き捨てた。「うちのタレントに手をだしたら、ただじゃおきません」

　源太郎が複雑な顔になった。「あれはたしかに女にだらしない。しかし今宵《こよい》のような宴の席を抜けだし、勝手な振る舞いをするとは少々考えにくいが……」

　鴨原が向かいにスマホライトを向けた。「あっちはなんです？」

　闇のなかにぼうっと浮かぶのは、武家屋敷の向かいに建つ古寺だった。李奈が明るいうちに目にしたときにも老朽化が顕著だったが、夜になると廃墟《はいきょ》然としたシルエットに見える。

「笠都！」源太郎が寺に怒鳴った。「まさかそんなとこにはいまいな!?」

　枡岡も声を響かせた。「帆夏！」

　しばらくまったものの、寺は不気味に静まりかえっていた。スマホライトの光は弱く、屋根が変形しつつある本堂も、不明瞭《ふめいりょう》かつ部分的に浮かびあがるにすぎない。柱がぼんやりと人影に見えたりするたび、びくっとして目を凝らす。だが誰かが隠れているようすはなかった。

とはいえそれはここから見える範囲にかぎってのことだ。境内の奥のほうはわからない。源太郎が寺へと歩きだしながら枡岡にいった。「一緒に来てくだされ。暗闇を照らしてもらわねばならん」

枡岡がスマホライトを行く手に向け、源太郎に歩調を合わせた。「勝手に入っていいんですか?」

「入口付近だけなら、私もときどき入って掃き掃除しとる。砂埃《すなぼこり》がひどいんでな。だから手前のほうなら慣れとる」

源太郎と枡岡が境内に足を踏みいれる。李奈も臆《おく》している場合ではなかった。急ぎふたりにつづく。後方を三人の中年男性作家がついてきた。

老朽化した手水舎《ちょうずや》には水もでていない。ちっぽけな鼓楼《ころう》は倒壊していた。スマホライトを本堂に向けると、軒下に蜘蛛《くも》の巣が張っているのが浮かびあがった。なかには砂が堆積《たいせき》し、仏壇は空っぽになっている。ご本尊もないとは、もう寺としての役割を果たしてはいないようだ。建築様式もずいぶん古そうで、やはり江戸末期あたりから建っていたとしてもふしぎではない。こんなにほったらかしにされるとは、どんな事情があったのだろう。

笠都。帆夏。源太郎や枡岡が名を呼びながら本堂をまわりこんでいく。李奈は周辺の雑木林にもライトを向けた。依然としてひとけはない。

源太郎がじれったそうに歩を速めた。「こんなに奥までは来たことがないが……。うおっ⁉」

いきなり体勢を崩しかけた源太郎の腕を、枡岡があわてぎみにつかんだ。「危ない！」

ふたりは互いを支え合いながらよろめいている。なにが起きたのか不明だった。だがふたりの足もとをライトで照らしたとき、李奈は慄然《りつぜん》とし立ちすくんだ。

正面からみて本堂の斜め後ろで、地面が突然真っ黒になっている。よく目を凝らせば大きな穴が開いていた。直径は四、五メートルあるだろうか。本堂のわきと木々の密集地帯のあいだ、迂回《うかい》できそうにないほどのサイズになる。

枡岡が穴のなかをライトで照らした。源太郎が息を呑《の》んでいる。なんてことだ、そんな源太郎のつぶやきもきこえた。

最悪の事態を想定しつつ、李奈はそっと穴に近づいた。佐間野や鴨原、樋桁も歩み寄ってくる。

逃げだしたくなる思いとともに穴のなかを見下ろした。スマホライトを穴底へ向ける。

深さは三メートル以上ある。複雑でいびつな模様を描く影にぞっとした。ほどなく廃材が山ほど投げこまれているのがわかった。それも崩壊した小屋の残骸《ざんがい》を雑に投げこんだらしい。梁《はり》や柱に壁の一部がくっついたままの、建築物の無数の断片が穴底を埋め尽くしていた。折れた柱の数十本が、長さはまちまちながら垂直に立っている。さながら竹槍《たけやり》の剣山と呼べる様相を呈していた。それら尖《とが》った柱に突き刺さった、なんらかの塊が穴底にいくつか見てとれる。

恐怖にとらわれたものの、幸いにも人の死体ではなかった。古タイヤが二本、サイズはちがっていて、ホイールも嵌《は》まっていない。ほかに『広《こう》辞苑《じえん》』並みに分厚い、B４判の本が三冊。それらタイヤも本も、すべて剣山の柱に刺し貫かれていた。

小雨に濡《ぬ》れた服が体温を奪い去っていく。李奈は身震いした。たった三メートル強の落下だが、あるていどの重さがある物体を突き破るほどの勢いが生じるらしい。柱の先の尖りぐあいが尋常でないせいだろうか。李奈はつぶやいた。「朧月《おぼろづき》社の『全国仏像辞典』の硬い表紙が、いとも簡単に刺し貫かれるなんて」

佐間野があきれぎみに李奈を眺めた。「暗がりに少々遠目でもドマイナーな本が識別できるんですね、あなたは」

源太郎がうろたえた。「こりゃいったいなんだ。どうしてこんな縦穴が掘ってある?」

鴨原は穴の縁や内壁を照らした。「掘られてからだいぶ年月が経ってる。重機も使ったようだ。管理責任者が誰か知らないが、廃材を埋めようとしたっぽい」

「ああ」佐間野がうなずいた。「行政じゃないな。仕事が雑すぎる。業者へのまともな発注でもない。土地を相続したか買った人間が、土建屋に直接発注したものの、なんらかの理由で工事がストップしたんだろ。古民家の取り壊しでは、わりとよくある」

たしかに瓦《かわら》と材木ばかりのため、埋めてしまえば土に還《かえ》る……のだろうか。少なくともそう考えた誰かが、廃材の処分費を節約しようとして、重機を持っていた知人に穴掘りを頼んだ。その費用さえ払えず中断し、あとの取り壊しも放置されたままになっている。そんな経緯がうかがえる。

佐間野は靴の先で穴の縁を削った。少量の湿った土を穴底に落とす。つぶやくように佐間野がいった。「掘られてから軽く二、三十年経ってる。でも廃材に強度がありすぎる。壊れた小屋かなにかの残骸を捨てたのは最近だろうな。柱は意図的に折ってったかもしれない。……とにかく尖らせたかも」

源太郎が顔をしかめた。「二十年前に私が屋敷を借りてからは、寺に工事など入っておらんよ。塾生も知ってるが、行政から近隣住民まで、ここはほったらかしだった」

「穴は源太郎さんが屋敷を借りる以前に掘られた。廃材のほうは一日に少しずつなら、手で運んで投げこめるほどばらばらになってる。ひと月もかければ、ひとりかふたりでできるだろう」

「誰がそんなことを……」源太郎はふと気づいたように目を剝《む》いた。「私じゃないぞ！ そりゃ入口のほうは掃き掃除をしたが、こんな奥深くまでは入っとらん。疑うなら塾生にきいてみてくれ」

「あなただとはいってませんよ」佐間野はうんざりぎみにネクタイを正した。「明るいうちに見た感じでは、たしかに誰もここまでは入る気になれないほど、荒廃した寺ですからね。ただ気になることがもうひとつ」

「なんだね」

「あのタイヤは新しくないですか。本も」

李奈は同意した。『全国仏像辞典』はたしか令和元年八月刊行です。ほかの二冊はなんだかわかりませんが、紙がまだ新しそう」

　樋桁も穴をのぞきこんだ。「タイヤもそうだよ。使い古しですり減ってるけど最近の物だ。本やタイヤが投げこまれてから、そんなに経ってない」

　源太郎が唸《うな》った。「このところ立ち入った者がいるというのか？　とてもそんなふうには思えん」

　佐間野が源太郎にきいた。「掃き掃除は塾生にも手伝わせてたんですか」

「いいや。ここはよその土地だし、大々的に入りこむわけにはいかんだろう。掃除は私ひとりだ」源太郎がはっとして佐間野を見かえした。「私じゃないぞ！」

　げんなりしたようすの佐間野に対し、源太郎の弁明がつづく。李奈は聞き流しながら穴底を照らしつづけた。

　廃材のなかにふと注意を喚起された。あれは木彫りの扁額《へんがく》か。そういえばこの寺には前面に塀や門がなかった。それらはとっくに壊れていたのかもしれない。寺の扁額が門柱に打ちつけられる場合もある。その扁額だけが残っていて、一緒に投げこまれたか、もっと前から穴底へ落ちていたか。

　妙蓮寺と彫ってあった。寺の名前自体はスマホマップで確認済みだ。しかし……。にわかに胸騒ぎがしてくる。李奈は源太郎に問いかけた。「このお寺は昔からずっとこの名前ですか?」

変なことをきいてくる、そういいたげな顔で源太郎がうなずいた。「さよう。妙蓮寺というと、ふつう日蓮宗《にちれんしゅう》の寺ですが、ここはそれと関係ないそうです。この辺りの檀家《だんか》との関係だけで成り立ってた寺だとか」

「……なんてこと」李奈は辺りを見まわした。「千駄木三丁目……。ならここが……。まさか本当にあったなんて」

鴨原が眉《まゆ》をひそめた。「杉浦さん。どうかしたのか」

「わかりませんか?」鳥肌が立つ思いとともに李奈はいった。「岡本綺堂《おかもときどう》。丹賀文学塾のお屋敷は『怪談一夜草紙』の舞台です」

7

屋敷の最も奥にある、三方を書架に囲まれた和洋折衷の部屋に、七人は集まった。ソファが点在するものの、誰も腰を下ろそうとしない。李奈も書架を前に立っていた。

源太郎は老眼鏡をかけ、ずらりと並ぶ書籍の背に目を走らせた。「岡本綺堂は純文学でなく、大衆文学の作家として知られとる。だから全集にはほとんど入っとらんな。

筑摩書房の現代日本文学全集あたりか」

鴨原が腕組みをした。「杉浦さん。私たちはあいにく、前職を生かして小説を書いたにすぎなくて、文学史に精通してるわけじゃない。岡本綺堂というと『半七捕物帳』の？」

佐間野もうなずいた。「推理物を書く作家のハシリだったとか、怪談や怪奇物で知られてたとか、せいぜいそれぐらいの認識です」

「あった」源太郎が函《はこ》に入った書籍を引き抜いた。古めかしいハードカバーの本を函からとりだす。「久遠《くおん》社の全集だな。『怪談一夜草紙』はこの巻に収録されとる」

「おまちを」佐間野は源太郎を制した。「通報するには早すぎるし、近所を一軒ずつ訪ねてまわるのも迷惑になる。しばらくようすをみるのはいいんですが、おかしな臆《おく》測《そく》を働かすのはよくありません。かえって混乱につながります」

李奈はうったえた。「佐間野さん、このお屋敷が古い短編の舞台になってたというだけじゃないんです。今夜の状況は『怪談一夜草紙』にそっくりなんです」

佐間野は顔をしかめた。「私は小説家である以前に弁護士でしてね。現実主義者なんです。無理やり怪談に絡めようとするのはどうも」

「現実を重んじるのであれば、なおさらお読みいただきたいんです」李奈は源太郎の手から本を受けとった。目次に記された当該のページを開き、佐間野に差しだす。李奈は強く勧めた。「ぜひご一読ください」

露骨にためらいをしめしつつ、佐間野が本を受けとった。「こんなのを読んでいる暇があったら……」

「せいぜい八千字ちょっとの短編です。文庫に換算すれば十六ページ半ですよ。今夜のことを考えるのに重要な情報じゃないかと」

「……まあ杉浦さんがそこまでいわれるのなら。声にだして読んだほうがいいですか？」

「できれば」

佐間野は軽くため息をつき、渋々といったようすで音読を始めた。『怪談一夜草紙』。岡本綺堂著……」

一

お福《ふく》さんという老女は語る。

わたくしのような年寄りに何か話せと仰しゃっても、今どきのお若い方々のお耳に入れるような、珍らしい変わったお話もございません。それでも長いあいだには、自分だけには珍らしいと思うようなことが無いでもございません。これもその一つでございます。

わたくしが十七の年――文久二年でございます。その頃、わたくしの家は本郷の千駄木坂下町《さかしたまち》、どなたも御存じの菊人形で名高い団子坂の下で、小さな酒屋を開いていました。昔はあの坂に団子を焼いて売る茶店があったので、団子坂という名が残っているのだそうでございます。今日とは違いまして、その頃の根津《ねづ》や駒込《こまごめ》辺は随分さびしい所で、わたくし共の住んでいる坂下町には、小笠原《おがさわら》様の大きいお屋敷と、妙蓮寺というお寺と、お旗本屋敷が七、八軒ありまして、そのほかは町屋でございましたが、団子坂の近所には植木屋もあれば百姓の畑地もあるというようなわけで、今日の郊外よりも寂しいくらいでございました。

その妙蓮寺というお寺の前に、浅井宗右衛門《あさいそうえもん》という浪人のお武家が住んでいました。なんでも奥州《おうしゅう》の白河《しらかわ》とか二本松《にほんまつ》とかの藩中であったそうですが、何かの事で浪人して、七、八年前から江戸へ出て来て、親子ふたりでここに店借《たな》りをしていました。宗右衛門という人は、そのころ四十四、五で、御新造には先年死に別れたというので独身でした。ひとり息子の余一郎《よいちろう》というのは二十歳ぐらいで、色の白い、おとなしやかな人でした。

浪人ですから、これという商売もないのですが、近所の子ども達をあつめて読み書きを教えたりして、いわば手習い師匠のようなことをしていました。勿論《もちろん》それだけでは活計《たずき》が立ちそうもないのですが、いくらか貯えのある人とみえて、無事に七、八年を送っていました。お父さんは寝酒の一合ぐらいを毎晩欠かさずに飲んでいました。

この親子の人たちが初めてここへ越して来た時は、わたくしもまだ子供でしたから、委《くわ》しいことはよく知りませんが、近所の者はこんな噂をしていたそうです。

「あの人たちも今に驚いて立ち退くだろう。」

それには子細のあることで、その家に住む人には何かの祟《たた》りがあるとかいうので、五、六年のあいだに十人ほども変わったそうです。なかには一と月も経たないうちに早々立ち退いてしまった人もあるということでした。一体どんな祟りがあるのか、わたくしもよく知りませんが、ともかくも五、六年のあいだに、その家からお葬式が三度出たのは、わたくしも確かに知っています。浅井さんの親子もそれを承知で借りたのです。そんなわけですから、家賃はむろん廉《やす》かったに相違ありません。家賃の廉いのに惚《ほ》れ込んで、あんな化け物屋敷のような家へ住み込んでは、いくらお武家でも今に驚くだろうと、みんなが陰で噂をしていたのです。

「世の中に物の祟りなどのあろう筈《はず》がない。」と、宗右衛門という人は笑っていたそうです。尤《もっと》もこの人は顔に黒あばたのある大柄の男で、見るから強そうな浪人でしたから、まったく物の祟りなどを恐れなかったのかも知れません。

論より証拠で、今に何事か起こるだろうと噂されながら、浅井さんの親子は平気でここに住み通していたのですから、悪い噂も自然に消えてしまって、近所の人たちも安心して自分の子どもを稽古《けいこ》にやるようにもなったのです。七年も八年も無事に住んでいる以上、まったく宗右衛門さんの言う通り、世のなかに物の祟りなどは無いのかも知れないと、わたくしの両親も時々に話していました。

そうすると、今までの人達はなぜ無暗《むやみ》に立ち退いたのでしょう。大かた近所の噂をきいて、唯なんとなく気味が悪くなって、眼にも見えない影に嚇《おど》かされて、早々に逃げ出したのかも知れません。お葬式が三度出たのも、自然の廻《めぐ》り合わせかも知れません。今の人なら無論にそう考えるでしょう。昔の人もまあそんな風に考えてしまったのでございます。

浅井さんも最初は手習いの師匠だけでしたが、後には剣術も教えるようになりました。別に道場のようなものはないのですが、裏のあき地で野天稽古をするので、わたくし共もたびたび見に行ったことがあります。その頃は江戸ももう末で、世の中がだんだんに騒がしくなって来たものですから、町人でも竹刀などを振りまわす者も出来《いでき》て、浅井さんにお弟子入りをしている若い衆が十人ぐらいはありました。

さてこれからが本文のお話でございます。最初に申し上げました文久二年、この年はお正月の元日に大雪が降りまして、それから毎日風が吹きつづけて、方々に火事がありました。正月の晦日《みそか》には小《こ》石川《いしかわ》指ヶ谷《さすがや》町《ちよう》から火事が出て、わたくし共の近所まで焼けて来ました。その春から上野《うえの》の中堂が大修繕の工事に取りかかりましたので、お花見差止めというわけでもありませんでしたが、大抵は遠慮して上野のお花見には出ませんでした。向島《むこうじま》にはお武家の乱暴が流行《はや》りまして、酔ったまぎれに抜身を振りまわす者が多いので、ここへも女子供はうかつに出られません。その上に辻斬《つじぎ》りは流行り、押込みは多い。まことに物騒な世のなかで、わたくし共のような若い者は何が何やら無我夢中で、唯々いやな世の中だと怯《おび》え切っていました。

ところが、又そういう時節が勿怪《もっけ》の幸いで、今日で申せば失業者の浪人達がいろいろの方面へ召し抱えられて、御扶持《ふち》にあり付くことにもなりました。浅井さんもその一人で、一旦《いったん》浪人した旧藩主のお屋敷へ帰参することになったので、お父さんも息子も大喜び、近所の人たちもお目出たいといって祝いました。

「就いては長年お世話になったお礼も申し上げたく、心ばかりの祝宴も開きたいと存ずるから、御迷惑でもお越しを願いたい。」

こう言って、浅井さんはふだん懇意にしている近所の人たちを招待しました。家が広くないので、招待を二日に分けまして、最初の晩は近所の人達をあつめ、次の晩は剣術のお弟子たちを集めることにしたのです。わたくしの父も最初の晩に招かれまして、主人も満足、客も満足、みんながお目出たいを繰り返して、機嫌よく帰って来ました。

さてその次の晩に、不思議な事件が出来《しゅったい》したのでございます。

二

それは五月なかばの暗い晩で、ときどきに細かい雨が降っていました。一方は高台で、近所には森が多いので、若葉の茂っているこの頃は、月夜でもずいぶん暗いのですから、こんな晩は猶更《なおさら》のことでございます。

浅井さんの家には十人ばかりの若い衆があつまりました。なにしろ親子ふたりの男世帯で、女の手がないのですから、こんな時にはお給仕にも困ります。そこで、近所のお豊《とよ》さんお角《すみ》さんという娘ふたりが手伝いを頼まれまして、ゆうべも今夜も詰めていました。お料理は近所の仕出し屋から取り寄せたのですが、それでも十人からのお客ですから、お座敷と台所とを掛け持ちで、お豊さんもお角さんもんもなかなか忙がしかったのです。

若い人達ばかりが集まったのですから、今夜は猶さら賑《にぎ》やかで、だんだんお酒が廻《まわ》るにつれて、陽気な笑い声が表までも聞こえました。そのうちに主人の浅井さんがこんなことを言い出しました。

「月日は早いもので、わたしがここへ来てから足かけ八年になる。世間の噂では、ここの家には何かの祟りがあるという。それを承知で引き移って来たのであるが、その後に一度も怪しいことはなかった。わたしも悴《せがれ》もこれという病気に罹《かか》ったこともなく、災難に出逢《であ》ったこともなく、無事に年月を送って来た上に、今度は図らずも元の主人の屋敷へ帰参が叶《かな》うようになった。わたしに取ってはこんな目出たいことはない。最初に誰が言い出したのか知らないが、ここの家に祟りがあるなどというのは嘘の皮で、祟りどころか、かえって福の神が宿っているといっても好《よ》いくらいだ。」

浅井さんも目出たい席ではあり、今夜はいつもよりお酒を過ごしているので、自分の言ったことに間違いのなかったのを誇るように、声高々と笑いながら話しました。聴いている人達もみんな口を揃えて、仰せの通りと笑っていました。

これで無事に済めば、まったく仰せの通りですが、主人も客も面白そうに飲みつづけて、今夜もやがて四《よ》つに近いかと思う頃に、裏口の戸をとんとんと軽く叩《たた》く音がきこえたので、座敷にお給仕をしていたお角さんが台所の方へ出て行きました。つづいて裏の戸を同じようにとんとんと軽く叩く音がきこえたので、今度は息子の余一郎さんが出て行きました。

裏も表もひっそりして、その後は物音もきこえません。お角さんも余一郎さんもそれぞれ帰って来ないので、他の人達も不思議に思って、二、三人がばらばらと起《た》って表と裏へ出てみると、外は一寸さきも見えないような真っ暗闇で、そこらに人のいるような気配もないのです。いよいよ不思議に思って、内から火をとって出て見ましたが、やはり其処《そこ》らに人の影は見えないのです。

「はて、どうしたのだろう。」

みんなも顔を見合わせました。初めに裏口から出たお角さん、次に表へ出た余一郎さん、どっちもその儘《まま》ゆくえ不明になってしまったのですから、みんなが不思議がるのも無理はありません。一体、裏と表の戸を叩いたのは誰でしょう。二人はどこへ行ったのでしょう。この場合、そんな詮議《せんぎ》をするよりも、まずその二人のゆくえを探す方が近道ですから、五、六人の若い衆が提灯《ちょうちん》を照らして裏と表へ駈《か》け出しました。年の若い人達ではあり、ふだんから剣術でも習おうという人達ですから、小雨の降る暗いなかを皆んな急いで出かけたのです。出ては見たが、見当が付かない。思い思いに右と左へ分かれて、的《あて》もなしに其処らを呼んで歩きました。

「お角さん……。お角さん……。」

「余一郎さん……。」

その声におどろかされて、近所の人たちも出て来ました。わたくしの店の者なども出て行って、一緒になって探し歩きましたが、二人のゆくえはどうしても判らないので、どの人もただ不思議だ不思議だと言うばかりで、なんだか夢のような、狐にでも化かされたような、訳の判らないような心持になってしまったのでございます。

お角さんは町内の左官屋のひとり娘でした。お父さんの藤吉《とうきち》というのは相当に腕のある職人で、弟子ふたりと小僧ひとりを使いまわして、別に不自由もなく暮らしているのでした。お角さんはことし十六で、浅井さんへ手習いの稽古に来ていた関係から、ゆうべも今夜も手伝いに来ていたのです。阿母《おっか》さんはお時《とき》といって、ふだんから病身の人でした。

不思議とはいいながらも、こうなると誰の胸にも先ず浮かぶのは、余一郎さんとお角さんとの関係です。若い同士のあいだに何かの縁が結ばれていて、屋敷へ帰参が叶うことになれば、二人は逢《あ》うことが出来ない。万一、お国詰めにでもなれば一生の縁切れです。そこで、二人が相談して駈落《かけお》ちをした。——と、まあ考えられるのですが、それならば今夜のような時を選ばずとも、もっと都合のいい機会《おり》があったろうと思われます。いかに年が若いといっても、二人ともに子供ではなし、駈落ちと決心した以上は相当の支度をして出る筈《はず》です。この雨のふる晩に、着替えの一枚も持たずに、どこへ飛び出したのでしょう。

そう考えて来ると、二人の駈落ちも少しく理屈に合わないように思われます。

さりとて、まさかに心中する程のこともありますまい。二人の家出を、別々に考えていいのか、一緒に結び付けていいのか、それが第一の疑問です。もう一つの疑問は、裏口の戸を叩いたのは誰であるか、表の戸を叩いたのは誰であるか、それも一人の仕業か、別人の仕業か、一向に見当が付かないのでございます。

夜が明けても、二人は帰って来ませんので、騒ぎはいよいよ大きくなるばかりです。きょうも細かい雨が時々に降り出して、なんだか薄暗い陰気な日でした。

その日の午頃《ひる》に、わたくしの店の若い者がこんなことを聞き出してきました。三崎町《みさきちよう》の大仙寺《だいせんじ》というお寺の納所《なつしよ》が檀家《だんか》の法要に呼ばれてかえる途中、丁度その時刻に坂下町を通りかかると、谷中《やなか》の方角から十《とお》歳か十一ぐらいの女の子が長い振袖《ふりそで》を着て、折りからの小雨にそぼ濡《ぬ》れながら歩いて来るのに出逢いました。この夜ふけに、小さな女の子が何処へ行くのかと、振り返って見送っていると、その子のすがたは浅井さんの家のあたりで見えなくなってしまったというのです。勿論《もちろん》、前にも申す通りの暗い晩ですから、その子のすがたが消えてしまったのか、闇に隠されてしまったのか、確かなことは判りません。納所の方でもそれほど不思議にも思わないで、そのまま行き過ぎてしまったのですが、けさになって浅井さんの一件を聞いて、もしやその女の子が戸を叩いたのではないかと言い出したのです。

若い者の報告を聞いて、わたくしの父は首をかしげていました。

「坊さんなぞというものは、とかくにそんな怪談めいたことを言いたがるものだからな。本当か嘘か判らない。」

しかしそれを聞いたのは、わたくしの店の者ばかりではないとみえて、その噂が忽《たちま》ちに近所に拡がって、駈落ちの噂が一種の怪談に変わりました。

「やっぱりあの家には祟《たた》りがあったのだ。今まで何事もなかったが、浅井さんがいよいよ立ち退くというまぎわになって、不思議の祟りが起こったのだ。」

息子の余一郎さんはともあれ、他人のお角さんまでがどうして巻き添えを食ったのでしょう。お角さんまでがなぜ祟られたのでしょう。それが呑《の》み込めないと、わたくしの父はやはり強情を張っていました。父がいくら強情を張ったところで、二人がゆくえ不明になったのは争われない事実で、駈落ちか怪談か、二つに一つと決めるよりほかはないのでございます。

前後の事情から考えると、一途に駈落ちとも決められず、さりとて怪談も疑わしく、みんなもその判断に迷ってしまったのです。

三

それに就いて、お父さんの浅井さんの意見はと訊《たず》ねますと、最初はなんにも判らぬと言っていましたが、しまいにこんなことを打ち明けたそうです。

「大仙寺の納所が見たという、年のころは十歳か十一で長い振袖を着た女の子――実はそれに就いて少しく心あたりが無いでもない。私がここへ引き移った日の夕がたに、それらしい女の子が裏口から内を覗《のぞ》いていたことがある。大かた近所の子供であろうと思っていたが、その後ここらにそんな子のすがたを見かけたことはなかった。私もそれぎりで忘れていたが、今度の話で思い出した。納所が出逢ったという怪しい女の子は、どうもそれであるらしい。」

こうなると、確かに怪談です。お角さんのお父さんの藤吉は大事のひとり娘がゆくえ不明になったのですから、職人達と手分けをして、必死の眼《まなこ》で心あたりを探しあるいて、明くる日のゆう方にがっかりして帰って来ると、右の怪談です。可哀そうに、お父さんはいよいよがっかりして、顔の色も真っ蒼《さお》になってしまいました。さなきだに病身の阿母さんはどっと床に就くという始末です。お角さんと一緒に働いていたお豊さんも、その話を聴くと顫《ふる》えあがって、これも俄《にわ》かに気分が悪くなって寝込んでしまいました。雨のふる晩に、長い振袖を着た女の子が戸を叩きに来て、若い男と女とを誘い出して行った——寄れば障ればその噂で、なんの祟りか知りませんけれども、浅井さんもとうとう祟られたということに決まってしまいました。今まで近所の評判もよく、殊に今度の帰参を祝っている最中に、こんな騒ぎが出来したのですから、町内の人たちも一層気の毒に思いましたが、こういう怪談になっては何とも手の着けようがありません。今まで広言を吐いていただけに、近所の手前面目ないと思ったのかも知れません、浅井さんは誰にも無断で、その晩のうちに何処《いずこ》へか立ち去りました。家財はそのままに残してあって、机の上にこんな置き手紙がありました。

前略。このたびは意外の凶事出来、御町内中をさわがせ申し候条、何とも申訳も無之候。取分けて藤吉どのには御気の毒に存じ申候。就ては其後の詮議《せんぎ》仕りたく存じ候え共、何分にも帰参の日限切迫いたし居り候まま、其意を得ず候こと残念至極に存じ候。少々の家財、そのままに捨置き申し候間、よろしく御取計い被下度《くだされたく》候。早々。

浅井宗右衛門

五月十六日

御町内御中

今日と違いまして、その当時のことですから、お話はこれでおしまいです。しかし怪談の噂はなかなか消えないで、ゆうべも振袖を着た女の子を見た者があったとか、どこの家の戸を叩《たた》かれたとか、いろいろのことを言い触らす者があるので、気の弱いわたくし共は日が暮れると外へも出られず、雨のふる晩などは小さくなって竦《すく》んでいる位でございます。

その噂を聞き込んだのでしょう、それから四、五日の後に、岡っ引の親分が手先を連れて、この町内へ乗り込んで来ました。町内の人達から委《くわ》しい話を聴き取って、その岡っ引は舌打ちをしました。

「畜生、風を食らって高飛びしやあがったな。」

だんだん聴いてみると、なんとまあ驚いたことには、浅井という人は浪人あがりの強盗だったのだそうです。これにはみんなも呆気《あっけ》に取られました。そういえば浅井は余り人相のよくない人でしたが、息子の余一郎という人は色白のおとなしそうな顔をしていながら、親子連れで斬取り強盗を働いていたのかと思うと、実に二度びっくりでございました。全く人は見掛けに依らないものです。それでも余程上手に立ち廻《まわ》っていたと見えて、その悪事が久しく知れずにいたのですが、何かの事から足が付いて、この頃は自分達のからだが危くなって来たので、親子相談の上で怪談を仕組んだらしいのです。

もとの屋敷へ帰参などは勿論うそで、夜逃げなどをしては人に怪まれると思ったからでしょうが、なぜそんな怪談を仕組んだのでしょう。岡っ引の人達の鑑定では、おそらくお角さんをかどわかす手段であったろうというのです。お角さんと余一郎と関係があったか無かったか判りませんが、もし関係があったならば誘い出す方法は幾らもありましたろうから、多分は無関係で、行きがけの駄賃にお角さんかお豊さんかを引っ攫《さら》って行って、どこかの宿場女郎にでも売り飛ばすつもりであったろうというのです。

裏口の戸を叩いたのは浅井の仲間か手下で、なに心なく出て行ったお角さんに猿轡《さるぐつわ》でも嵌《は》めて担ぎ出したのでしょう。お豊さんの方は運よく助かったわけです。余一郎までがなぜ出て行ったか判りませんが、お角さんを遠いところへ連れて行くのに、一人ではちっと手に余るので、その加勢に行ったのかも知れません。なにしろ唯の家出では詮議がやかましいので、こんな怪談めいた事を仕組んで、世間の人たちを迷わせようとしたのでしょう。

大仙寺の納所がその晩に怪しい女の子を見たというので、これも寺社方の調べを受けました。納所がこんな事を言った為に、いよいよ怪談と決められてしまったわけですが、納所は、確かに見たというだけのことで、浅井の一件には何の係り合いもないことが判って、そのまま無事に帰されました。したがって、その振《ふり》袖《そで》の女の子の正体はわかりません。浅井も振袖の女の子の事なぞは最初から考えていなかったのでしょうが、そんな噂が広まったのを幸いに、当座の思いつきで、「実は引っ越しの日の夕がたに」なぞと、いよいよ物凄《ものすご》く持ち掛けたのでしょう。今の人間ならば容易にその手に乗らないでしょうが、何といっても昔の人たちは正直であったと見えます。

かえすがえすも気の毒なのはお角さんの親たちで、阿母《おっか》さんはそれから一年ほど寝付いたままで、とうとう死んでしまいました。浅井親子はそれからどうしたか知りません。奥州筋で召捕られたとかいう噂もありましたが、確かなことは判りませんでした。それから三、四年の後に、お角さんは日光《にっこう》近所の宿場女郎に売られているという噂を聞きましたが、これも噂だけのことで、ほんとうの事は判りませんでした。

小説や芝居ならば、浅井親子の捕物や、お角さんの行く末や、いろいろの面白い場面があるのでしょうが、実録は竜頭蛇尾とでも申しましょうか、その結末がはっきりしないのが残念でございます。どうも御退屈さまで……。

8

李奈は室内にたたずむ全員が濡《ぬ》れねずみなのに気づいた。小雨が降るなか、屋敷の外をめぐるうち、思いのほかずぶ濡れになっていた。とりわけ紋付き袴《はかま》姿の源太郎は悲惨な見てくれだった。白い髪も髭《ひげ》もべったりと肌に貼りついている。

さっき屋敷内へ駆け戻ったのち、いままで周りを注視する余裕さえなかったことを、あらためて自覚させられる。そして『怪談一夜草紙』。あらためて物語の内容を耳にし、ぞっとするような寒気に襲われた。水分に体温が根こそぎ吸いとられる。

ほかの面々も同じ感覚にちがいない。美玲は小さくなり身震いをしている。中年男性作家ら三人は揃って青い顔になっていた。枡岡も表情筋を極度にひきつらせ、しきりに目を泳がせている。

音読を終えた佐間野が本から視線をあげた。「なんなんだ、こりゃいったい……」

鴨原が怯《おび》えきった面持ちで叫んだ。「きょう起きてること、そのままじゃないか！」

「いいや！」源太郎が声を荒らげた。「断じてちがう。この話のとおりなら、私と笠都は極悪人ではないか。だいいち岡本綺堂は戯曲を手がける劇作家出身で、作り話の読み物を専門とする職人気質《かたぎ》だ。これが現実に起きたことのはずがない」

「でも」樋桁が震える声でつぶやいた。「戸を叩く音。帆夏さんがでていって消え、次に笠都さんが……」

源太郎は苛立《いらだ》ちをあらわにした。「迷信だ。偶然にきまっとるだろう。あるいは笠都の悪戯《いたずら》かもしれん。いや、きっとそうだ。この物語になぞらえて騒動を起こしとる。わざわざふたりのお嬢さんを世話係に呼んだのも、それが理由だ」

枡岡が不満を噴出させた。「うちのタレントを悪ふざけに利用し、私に黙って連れだしたというんですか？　息子さんには断固抗議しますよ。宴《うたげ》を催した源太郎さんにも責任の一端があります」

「なぜ私が悪いと？　極悪父子《おやこ》というのは、いまの短編のなかだけの話だ。私の顔のどこに黒あばたがある？　浪人でもない」

「この屋敷で読み書きを教える手習い師匠だとか……。丹賀文学塾を営んでいたあなたと合致するじゃないですか」

「くだらない！　もし私が十歳前後の振り袖《そで》の少女を見たといえば満足か？　あいにくそんな妖怪《ようかい》もどきなど目にしたおぼえはない」

「私はあくまで笠都さんの悪ふざけを疑ってるにすぎませんが？　あなたはなぜ自分の身の潔白ばかりうったえるんですか。息子さんの行方が気にならないんですか」

「あいつはもう三十八だ！　たかが一時間ていどの外出で、なにを騒ぐ必要がある」

「帆夏は十八です！」

元検事の肩書きが売りの樋桁がいった。「十八は成人だから、その……合意のうえだったら、男女の間柄は成立すると思うが」

「とんでもない！」枡岡が血相を変え怒鳴った。「もし笠都さんが帆夏に手をだしたりしたら、いっさいの忖度《そんたく》なしに訴えます。巨額の損害賠償を請求しますよ」

すると美玲が硬い顔のままささやいた。「損害賠償……。お金だけですか？　帆夏さんがどうなってるか、気にもかけないんですか」

枡岡が言葉に詰まる反応をしめした。「いや、もちろんそこは気にしてる。無事であってほしいと願ってる。いまはただ、なにが起きたのかさっぱりわからないので、とにかく事情の整理を……」

弁護士兼作家の佐間野が本のページを繰りつつ、冷静な声を室内に響かせた。「とにかくみなさん、いちど落ち着いて。たしかにこの物語は今夜と共通点が多い。団子坂というのも近くにあるな。本郷の千駄木坂下町という地名は……」

李奈はいった。「文京区千駄木二丁目と三丁目の辺り。つまりここです」

一同の顔が恐怖のいろを濃くした。佐間野がため息をついた。「妙蓮寺という寺の向かいにある武家屋敷。まさしく私たちがいまいるこの場所だ」

源太郎が吐き捨てた。「ありえん」

元刑事の作家として知られる鴨原が源太郎を見つめた。「この屋敷をお借りになるとき、『怪談一夜草紙』をご存じでしたか」

「知らん」源太郎が鴨原を睨《にら》みかえした。「岡本綺堂はろくに読んでもいなかった。純文学とは無縁の作家だったのでな」

「でもあなたは推理小説の執筆に関心をお持ちなんでしょう？」

「本物志向だからあんたたち元専門家の作家に相談したんだ。岡本綺堂などという古《こ》色蒼然《しょくそうぜん》とした小説家に興味はない」

「ならなぜ『怪談一夜草紙』の屋敷で開塾したんですか」

「この辺りが文豪にまつわる地域だからだといっとるだろう！　立地と面積のわりにこの屋敷の賃料は安くしてもらえた。雰囲気もよかったし、ここにしようときめたんだ」

佐間野が軽く鼻を鳴らした。「賃料が安かった、か。いみじくも『怪談一夜草紙』と同じだ。〝家賃はむろん廉《やす》かった〟とあるからな。杉浦さん、どう思われますか。これらの一致は偶然か必然か」

李奈は率直な考えを言葉にした。「『怪談一夜草紙』はフィクションだとしても、岡本綺堂が実際にあった屋敷を舞台にした可能性はあります」

「できごとはすべて架空ですか」

「岡本綺堂はノンフィクション作家ではないので、そう考えるのが妥当でしょう。でも偶然にしては奇妙な一致が多すぎます。小雨も降ってるし、最初に戸を叩《たた》く音がしたのが〝やがて四《よ》つに近いかと思う頃〟とありますよね。四つとは午後十時のことです」

「ああ。笠都さんが中座する直前にいってました。十時すぎか、と」

「わたしもスマホで時刻を確認しました。十時をまわっていました」

鴨原が一同にきいた。「だ、誰か振り袖の少女を見た人は？」

沈黙のなか七人の視線が交錯する。みな声をあげない。該当する者はいないようだ。

佐間野は本に目を戻した。「物語の登場人物が全員、現実に当てはまるわけじゃないらしい」

源太郎がぶつぶつといった。「私も浪人じゃないといっとるだろうが」

「でも」樋桁は怖がりな態度を隠そうともしなかった。「なら戸は誰が叩いた？」

不安がるばかりの一同のなかで、佐間野はただ真剣に本を読みかえしていた。「この短編との奇妙な一致を追究する必要がありそうだ。屋敷は祟《たた》られていたとあるが……」

源太郎が首を横に振った。「そんな話はきいたことがない。当初から大家はただ、屋敷に手を加えず現状のまま借りてくれる人間を求めていた。そこに私が当てはまっただけだ」

「五、六年のあいだに葬式が三度でたというのも？」

「ない！　前は長いこと空家だったし、仲介してくれた不動産屋も、瑕疵《かし》物件だとはいっていなかった」

「この物語は文久二年、江戸末期だな。薩英《さつえい》戦争の前年、生麦《なまむぎ》事件が起きた年だ。世が物騒になってきたから、浪人も旧藩主の屋敷へ帰参することになったとある」

「私は諸般の事情で塾を閉めることにしただけだ」

「諸般の事情ね」佐間野が淡々と告げた。「家賃の支払いが滞っていたというのは、宴の席でも話題に上ってましたから、いまさら伏せる必要もないでしょう」

源太郎がさらに憤りを募らせた。「その短編どおりのことが起きたという先入観で読めば、共通点を無理やりほじくりかえすばかりになる。さして因果関係のないことまで結びつけかねん」

「そこは同意します」佐間野は本から顔をあげなかった。「物語の時期は五月半ばとありますね。いまは秋だし、時期は一致していない。浪人は屋敷に来てから足かけ八年といっていますが……」

「私は平成十五年に開塾した。もう二十年になる」

「失踪《しっそう》した少女のお角さんには、病身の母親がいたとか」

枡岡が頭を掻《か》いた。「帆夏のご両親は八王子《はちおうじ》に住んでます。共働きでぴんぴんしてますよ」

「みろ」源太郎の額に青筋が浮かびあがった。「不一致もあまたある。その短編のとおりとみなすこと自体がこじつけだ」

佐間野はページを繰りながら唸《うな》った。「この話はいくつか曖昧《あいまい》なところがある。〝裏口の戸をとんとんと軽く叩く音がきこえたので、座敷にお給仕をしていたお角さんが台所の方へ出て行きました。つづいて裏の戸を同じようにとんとんと軽く叩く音がきこえたので、今度は息子の余一郎さんが出て行きました〟……」

鴨原が首を傾げた。「お角さんのときは〝裏口の戸〟、余一郎のときは〝裏の戸〟が叩かれたのか。別々の戸なのかな？」

「でもそのあとは〝裏も表も〟とある。以後の描写はぜんぶ裏と表と表現されてる。裏と表に散って捜しまわったと……。すなおに考えれば誤記だろうな」

「私たちの小説だって初版は誤字脱字が皆無ってことはない。昔ならなおさらだよ」

「この全集にかぎってのまちがいかな？　それとも原文がそうなってるのか」

李奈は困惑した。『怪談一夜草紙』を読んだ記憶はあるが、そこまではおぼえていない。スマホをとりだし、青空文庫で題名を検索した。著作権切れの『怪談一夜草紙』はネット上でも読めるようになっていた。

当該の箇所まで文章をスクロールさせる。李奈はため息を漏らした。「こっちでも〝裏口の戸〟と〝裏の戸〟になってます」

全員が真顔で李奈に注目した。鴨原が李奈にきいた。「どういうことだろうな？」

「このお屋敷の出入口は、玄関と勝手口しかありません。物語中でもお角さんは台所へ向かっているので、該当するのは勝手口です。実際にわたしたちは、二度とも同じ方向から音をききました。〝裏口の戸〟と〝裏の戸〟はどちらも一緒、勝手口です」

樋桁が深刻な面持ちになった。「もしこれが短編になぞらえたできごとなら、誤記と思われる箇所を修正せず、文面どおりに再現されたわけか」

鴨原がこわばった顔で苦笑した。「悪ふざけをしてる犯人はAIかな」

佐間野はページを先に進めた。「『怪談一夜草紙』という題名だが、ミステリみたいなオチがついてる。浪人はじつは辻斬《つじぎ》り強盗。息子と結託して怪談を仕組んだ理由は、お角さんかお豊さんを攫《さら》って宿場女郎へ売り飛ばすためとあるが……」

「曖昧だ」鴨原が指摘した。「しかも矛盾だらけ。そもそも屋敷は最初から祟りがあると近所で噂になってて、そこに浪人が移り住んできたんだろ？　八年も前から怪談を仕組むつもりだったのか？」

「たぶんちがうな」佐間野がいった。「祟りがある屋敷に住みだしたのは、家賃が安かったからという偶然でしかない。岡っ引きに嗅《か》ぎつけられたのを機に、浪人父子《おやこ》が逃亡を決意した時点で、怪談として利用しようと思い立ったと考えるのが自然だ」

「でもお角さんを攫った動機が〝行きがけの駄賃〟ってだけか？　戸を叩いたのも、

物語中に突然でてきた〝仲間か手下〟。浪人が少女を見たというのも、お坊さんの怪談めいた話に偶然乗っかっただけ。謎解きにしちゃ荒っぽすぎるな」

「ホラー調ミステリで引っぱった皺《しわ》寄《よ》せがきてるな」佐間野は鼻を鳴らした。「『シャーロック・ホームズ　シャドウゲーム』って映画を思いだすよ。スイスのライヘンバッハにある城で和平会議が開催されるのを、モリアーティが妨害する予定だって話がでてくる。ライヘンバッハといえば例の滝だろ？」

「ああ」鴨原が苦笑ぎみにうなずいた。「原作では、ホームズとモリアーティが崖《がけ》の上で最後の対決をする、その舞台となる滝だ。一方、城での和平会議の妨害工作ってのは、映画のオリジナル脚本だよな。どういう展開になるかと思ったら……」

「滝の真上に和平会議の城が建ってた。あのワンカットを見て、私は笑ったよ。小説も締め切りが厳しいとああなる。ふたつの展開がまってたはずなのに、無理やり一か所にまとめてしまう」

「この短編のオチも、そんな強引さがあるよな。真相と呼ぶにはずいぶん荒っぽい。お坊さんが見た女児の正体はわからずじまいだし……」

「〝唯の家出では詮議《せんぎ》がやかましいので、こんな怪談めいた事を仕組んで、世間の人たちを迷わせようとしたのでしょう〟は弱いな。動機の説明としては弱すぎる」佐間野が李奈に視線を移してきた。「杉浦さんはどう考えますか?」

　李奈は応じた。「おっしゃるとおりだと思います。岡本綺堂は巧みに〝信頼できない語り手〟の手法を用いてますよね。お福さんというお婆さんの独り語りだし、しかも伝聞でしかないので、記憶ちがいも嘘も単なる噂話もありえます」

「矛盾をぜんぶ〝信頼できない語り手〟に吸収させてるわけですね」

「ええ。でも百歩譲って、お福さんの語ることが本当だったとして、それでも奇妙な点があります。浪人父子が〝奥州筋で召捕られた〟という噂は、流布する可能性もあるでしょう。でも三、四年後に、お角さんが〝日光近所の宿場女郎〟に売られたなんて、そんな情報が漏れだすとは……」

「なるほど、考えにくいですね。お角さん自身が本名を口にしたり、出身を明かしたりするとは思えない。浪人父子が自白したとしても、当時の宿場女郎は公娼《こうしょう》でなく私娼として、公権力に黙認される存在でしかなかった。死亡すれば投げ込み寺に捨てられて無縁仏。身元が流布されることはない。まして千駄木坂下町まで伝わるなんて」

　美玲が暗く沈んだ顔でうつむいた。同感だと李奈は思った。そういう話を遠慮なしに言葉にするのが、女性にとって不安や不快感につながることを、弁護士兼作家は理解していないらしい。まだ酒が入っているせいかもしれない。

鴨原がソファに腰かけた。「ありえないオチってことは、お福さんって婆さんの作り話だって解釈でいいのかな?」

「いえ」李奈は否定した。「そう結論づけるには早いです。いくつかの仮説が考えられます。まずお福さんがじつはお角さんで、昔話を他人のように語った可能性。これならお角さんの行く末を知っていてもふしぎじゃありません」

佐間野が感心したように口をすぼめた。「ほう。たしかに。さすが杉浦さん、想像力が豊かですな」

「ただし」李奈は頭に浮かんだとおりにいった。「矛盾を解消する解釈としては、岡っ引きが偽物だったと考えるほうが、道理が合っています」

「偽物?」

「そうです。浪人が極悪人だったとか、父子が結託してお角さんを攫ったとか、すべての謎解きは岡っ引きが語ったことでしょう。これこそすべてを闇に葬り、幕引きを図るための工作かもしれません」

「あー、なるほど。たしかに……。怪談になるほど奇妙な失踪だとか、一連のできごとに説明をつけて、地域住民にそれ以上の詮索《せんさく》をさせなくするという……」

鴨原も膝《ひざ》を叩《たた》いた。「浪人父子が怪談をでっちあげて、世間の詮索を断とうなんてオチには無理がある。杉浦さんのいうとおり、真相を知る者たちが岡っ引きを装い、隠蔽《いんぺい》を図ったと考えるほうが辻褄《つじつま》が合う」

　源太郎が目を剝《む》いた。「つまり浪人父子が犯人ではなかったのだな？　ほらみろ。今夜のできごとが短編をなぞらえているとしても、私や笠都は悪人ではない」

　樋桁が軽蔑《けいべつ》のまなざしを源太郎に向けた。「物語とは無関係と力説しておきながら、いまは物語があなたの無実の根拠ですか」

「無実とはなんだ。そもそも嫌疑などかけられていない。それでも元検事か」

　枡岡が怒りをしめした。「いい加減にしてください！　さっきから黙ってきいていれば、大昔の短編小説に絡めて好き勝手なことを……。私は小山帆夏について責任を負っているんです。帰ってくる気配もないし、事態が事態ですので、ただちに通報します」

　スマホをとりだした枡岡に対し、鴨原があわてぎみに腰を浮かせた。「警察への相談なら明朝、僕のほうから旧知の仲間にあたってみるので……」

　樋桁も枡岡をなだめるようにいった。「十八歳は成人です。まだ深夜零時にもなっていないのに、さすがに過保護ですよ。朝までまってはどうですか」

　ふいに佐間野が事務的な口調に転じた。「樋桁さん。どこにお勤めでしたか」

「えっ」樋桁はにわかに動揺をしめした。「き、急になんだね」

佐間野の据わった目が樋桁を見つめた。「検察官だったころ、どこで働いていたかきいてるんだよ」

「あのう。とある地方検察局だが……」

「ご著書の著者略歴にはそう書いてあるよな。過去の詳細は伏せていると好意的に受けとることもできるが、いまはそれがどこの検察局だったか、教えてくれてもかまわないだろう？」

「なんでまたそんなことを……。どこでもいいじゃないか」

「もっと突っこんできたいんだがね。出版物に載った略歴は、版元がちゃんとチェックしてると読者は思う。だから経歴詐称なんかありえないと考えがちだけども、じつはなんの保証もない。版元は著者が主張するとおりに掲載するのみ。そうして最終学歴などを偽る著者が、のちに選挙に出馬するなどして問題視される」

「わ」樋桁がうわずった声を発した。「私は選挙にでるつもりも……なにも……」

鴨原が割って入った。「佐間野さん、いまはそんなことはいいでしょう。笠都さんや帆夏さんがどこへ行ったか、それだけが問題だよ」

「なら」佐間野が冷やかな表情になった。「枡岡さんのいうとおり、一一〇番通報してもよろしいのでは？」

「いや……。それは時期尚早かと」

「なぜ？　鴨原さんにもおたずねしたいんだがね。どの警察署のどんな部署にお勤めだったのかな」

「私は……。新宿署《しんじゆく》の……」

「新宿署？　刑事課か生活安全課か」

源太郎が眉《まゆ》をひそめた。「佐間野先生。いったいなにを……」

佐間野は片手をあげ源太郎を制した。「重要なことです。鴨原さん、著書の小説には新宿署の内情が、わりと詳しく載ってる。だから元刑事という肩書きにも説得力がある。だけど署内には刑事以外、いや警察官以外も働いているものだ。警察事務職員か、清掃員、食堂の従業員かも」

「なにをいうんだ」鴨原が目を怒らせた。「佐間野さんこそ、弁護士というのを詐称と疑われたら不愉快だろう」

「私はなんとも思わん」佐間野は胸の内ポケットから、顔写真いりのカード一枚をとりだした。「このとおり日弁連の発行する身分証もある。れっきとした弁護士だし、どこに問い合わせても確固たる証明がなされる。でもあなたがたはどうか。作家として箔《はく》を付けるため、元刑事とか元検事と偽ってるんじゃないか」

ふたりは怪談話をきいたとき以上に青ざめていた。樋桁がうろたえながらきいた。

「なにを根拠に……」

「根拠ね」佐間野はカードを内ポケットに戻した。「法律のプロのわりには、どうも言葉遣いや態度がおかしいと思った。確信したのは潜水艇の爆縮の話題のときだ」

「爆縮……。なんの話だっけ」

「私は自分が書こうとした小説のプロットを披露した。潜水艇から生き残ったふたりが、死んでしまった一名の遺言をきいていた。遺産をもらえると知った第三者は大喜び。でもその死者は潜水艇の搭乗以前に、別の内容の遺言書をしたためてて、公証役場に預けてあった。その遺言書には、遺産はほかの人にと記されていた」

「……そのイマイチなオチがどうかしたのか」

「遺言書が優先されるとあなたはおっしゃった。いまでもそうお考えか？」

「そりゃまあ……。潜水艇で生存した二名が、死亡した一名の話をきいただけだろ？たとえ動画を撮影してたとしても、録音が遺《のこ》っていたとしても、喋《しゃべ》っただけじゃ遺言として認められない。公証役場に預けられた遺言書があれば、そっちが優先だ」

「そうおっしゃったのがいけない」

「どうしてだ」樋桁がむきになった。「ちゃんと法に則《のっと》った解釈だ」

やはりそこかと李奈は思った。耳にしたとき李奈のなかにも疑問が生じた。憂鬱《ゆううつ》な気分とともに李奈はささやいた。「樋桁さん。わたしも『遺言執行実務マニュアル』を読んで知りました……。船舶の沈没寸前には、ふたりに話せば口頭でも遺言として成立するんです」

樋桁と鴨原は揃って愕然《がくぜん》とした表情になった。信じられないというように樋桁は目をぱちくりとさせた。「な……。なんですって?」

佐間野が法廷にいるように高慢な態度をのぞかせた。「そのとおり、さすが杉浦さんだ。民法979条、船舶遭難者遺言もしくは難船危急時遺言。遺言書があっても、それよりあとに本人の遺言が成立してるため、効力を持つのはそっちになる」

「そ」鴨原がしどろもどろになった。「そんなことまでは……。刑事としてふだんの捜査には関わりのないことだし……」

だが佐間野は容赦なく指摘した。「樋桁さんの誤りを、元刑事のはずのあなたも平然と聞き流した。よっておふたりとも怪しいと思った。実際のところどうなんだ。白状してもらおう」

鴨原は汗だくになっていた。「いま答えなくてもいいでしょう。ここではノーコメントにさせてもらいたい」

「ふざけるな」

「なぜそんなに追及しようとするんだ。今晩のできごととは関係ないだろ」

「『怪談一夜草紙』の岡っ引きが偽物。杉浦さんの提唱した仮説をきいて、あんたたちを見過ごせなくなった。元刑事と元検察官を詐称する者たち。これから偽岡っ引きのごとく、私たちを翻弄《ほんろう》するつもりじゃないかとね」

鴨原が大慌てで抗弁した。「よしてくれ！　肩書きについて是非を論じるとしても、それと今夜のことは関わりがない。僕はなにも知らない！」

樋桁のほうはもっと弱腰だった。「佐間野さん……。認める。編集者から経歴をきかれたとき、無職や自宅警備員というわけにいかなかった。口からでまかせが、その場で終わらず企画書にも載ってしまい、編集会議に提出されてしまったんだ。でも誓っていう。笠都さんや帆夏さんには今夜初めて会った。ふたりのことには関与してない」

源太郎は憤懣《ふんまん》やるかたないという顔になった。「なんだ？　おふたりの前職は刑事でも検事でもなかったというのか？　いったいなにがどうなっとる！　笠都はどこへ行ったんだ」

枡岡が真顔で源太郎を見つめた。「やはり一一〇番通報しましょう」

佐間野もうなずいた。「鴨原さんと樋桁さんが通報に反対したのは、自分たちの素性がバレるのを恐れたからです。いまはもう彼らにとっても懸念がなくなりました。戸を叩《たた》いた不審人物の存在も考慮すべきですし、警察への相談を躊躇《ちゅうちょ》する必要はありません」

源太郎は呻《うめ》きながら両手で白髪を掻《か》きむしった。やがてぎょろりとした目がまっすぐ李奈をとらえた。源太郎がいった。「杉浦さん。あんたの考えをきかせてほしい。これからどうすれば……」

いきなり目覚まし時計のようなベルがけたたましく鳴った。ベルの音はすぐに途切れ、また再開した。一定の間隔を置き鳴り響く。すなわち電話の着信音だとわかった。

全員がびくつくなかで、源太郎だけは渋い顔で廊下へと向かった。李奈たちは源太郎につづいた。廊下を経てすぐ隣の部屋に入る。当然ながら和室だが、書斎として用いているらしい。書机のわきで、いにしえの黒電話が鳴っていた。

正座した源太郎が受話器をとった。「丹賀ですが。……はい？」

ぼそぼそと源太郎が応答するうち、室内に全員が移ってきた。佐間野や枡岡、美玲は不安げに源太郎を見下ろしている。鴨原と樋桁はばつが悪そうにうつむくばかりだった。

「なんですと！」源太郎が目を瞠《みは》った。「……わかりました。お知らせいただき、どうも……。ええ、これから支度をしますので。それでは」

受話器が戻された。源太郎は茫然《ぼうぜん》と固まっていた。やがてゆっくりと立ちあがったものの、ふらつき体勢を崩しかけた。

近くにいた李奈は、とっさに源太郎を支えた。「だいじょうぶですか。いまの連絡は……？」

源太郎は放心状態のように虚空を眺めていた。見開かれた目が李奈に向けられる。いつしか源太郎は涙ぐんでいた。「笠都が……」

9

李奈はほかの作家らとともに帰宅を余儀なくされた。丹賀文学塾の屋敷に規制線が張られ、路地にパトカーが詰めかけているのを、李奈は自室のテレビで観た。朝のニュース番組はどの局も丹賀笠都の死亡を報じている。

亡くなった丹賀笠都さん（38）。画面に大写しになった顔写真は、まさしく宴の席にいた本人にまちがいなかった。初公開と思われる写真。生前のまだ元気な姿だが、愛読者さえも大半は顔を知らなかっただろう。

笠都は鋭利な刃物で胸部を刺され、おそらく即死。荒川《あらかわ》から東京湾に注ぐ河口付近で、水面に浮いていたという。荒川下流河川事務所の監視カメラで職員が発見した。録画には画面のフレームの外から、死体らしきものが流れてくるのが映っていたという。何者かが死体を川に投げこむようすなどは、どの映像にも記録されていなかったらしい。

胸にずしりとのしかかる重さにはおぼえがある。それに既視感もあった。流行作家はなぜか薄命だ。川で発見された遺体は岩崎翔吾を彷彿《ほうふつ》させる。今回はじかに目にせずに済んだ。だがわが子の遺体と対面した源太郎は悲嘆に暮れているにちがいない。岩崎翔吾のときより悪い状況でもある。警察によれば丹賀笠都の他殺はあきらかだった。

帰る前に李奈は駒込署で事情をきかれた。むろん宴《うたげ》に出席した全員が同じ立場にある。刑事との面会は個別だったが、今夜起きた一部始終を洗いざらい話した。スムーズに帰宅できたのは、警察が把握している事実と、なんの矛盾もないと認められたからかもしれない。

ひと晩のできごとを詳細に伝えたものの、李奈は『怪談一夜草紙』への言及を避けた。捜査に先入観を与えたくないのと、マスコミがネタにするのを防ぐためだった。警察が公表すれば、テレビも週刊誌も飛びつくにちがいない。

朝方のうちに優佳から電話がかかってきたが、李奈はだいじょうぶと返事し、ひとまず休ませてほしいといった。平日でも昼間に寝られるのはフリーランスの特権だろう。ろくに寝つけず、浅い眠りと覚醒《かくせい》の繰りかえしだったが、休んでおかねばならない。精神的な疲労がきつい。回復しなければ頭も働かない。

うとうととするばかりだったが、夕方になりようやく起きだせるぐらいになった。食欲は湧かないがリビングのソファに座り、テレビを点《つ》けた。

とたんに嫌悪感がこみあげてきた。画面に映ったのは〝岡本綺堂〟と〝怪談一夜草紙〟のテロップだった。

浮かない気分でチャンネルを替えてみる。どの局もおどろおどろしいBGMつきで、『怪談一夜草紙』の物語について、詳細に紹介していた。わざわざお福さんの語りを女性ナレーターが再現し、ほとんど朗読に近いものを放送する局もあった。スタジオに切り替わるとキャスターが告げた。夜十時すぎまで丹賀笠都さんと一緒にいて、宴に参加していた小説家A氏によれば、岡本綺堂著『怪談一夜草紙』に状況が酷似していたそうです。

李奈は額に手をやると、ソファの背に身をあずけ、大きくのぞけった。小説家Aは丹賀源太郎ではないだろう。佐間野と鴨原、樋桁のうちの誰かだ。鴨原と樋桁は経歴詐称がバレたばかりで悄《しょ》げている。弁護士兼作家の佐間野が堂々と熱弁を振るう姿が目に浮かんだ。

思わずため息が漏れる。厄介な事態になった。マスコミに格好の餌がばら撒《ま》かれてしまった。週刊誌は宴に出席していた作家陣の名を暴くべく、全力で動きだすだろう。いずれ李奈がいたことも発覚する。取材が押し寄せてきて、また小説執筆どころではなくなる。

なにより樫宮美玲が宴の席で働いていて、同じ事務所所属の十八歳タレントが失踪《しっそう》した事実がある。判明すれば取材合戦は一気に過熱するだろう。その段階になったらもう手がつけられない。

憂鬱《ゆううつ》な気分に浸るうち、スマホの着信音が鳴った。画面には〝週刊新潮　寺島《てらしま》〟と表示されていた。スマホをテーブルに投げだしたままほうっておく。しばらくして留守番電話に切り替わると、寺島の声がきこえてきた。まるで居留守を見抜いているかのように、おーいと何度も呼びかけてきた。李奈は苦笑しつつも放置した。折りかえし電話をまってる、寺島の声がそういうと通話は切れた。

すぐにまた着信音が鳴り響く。〝週刊文春　岡野《おかの》〟だった。留守電にメッセージが残されたのち、今度は〝小学館　週刊ポスト　山根《やまね》〟から、そして〝講談社　週刊現代　浅井〟からも電話があった。

李奈はスマホの電源を切り、充電スタンドに立てておいた。ノートパソコンのメールサーバーも開かないようにする。また疲れがぶりかえしてくる。ソファに横たわり、寝がえりをうち、テレビに背を向けた。

『怪談一夜草紙』は浪人親子が極悪人というオチだった。ただし息子のほうが殺されてしまう展開はなかった。よってひとり残った父たる源太郎が、世間から疑わしい目で見られる。マスコミからSNSまで中傷の嵐になるだろう。想像するだけで嫌になる。李奈たちはずっと源太郎と一緒にいて、彼がどうにかできる状況でなかったことを知っている。だがそんなふうにうったえようと、世間の勝手な臆測《おくそく》はとまらない。『怪談一夜草紙』でも〝仲間か手下〟が暗躍した。源太郎にも共犯者がいたなどと、まことしやかな噂が吹聴《ふいちょう》される。

真実がどうなのかまだわからない。警察が捜査しているだろうし、李奈ひとりが深く考えたところで、情報が少なすぎてなにも見えてこない。源太郎には確固たるアリバイがあるが、本当の人となりがわからなければ、善人か悪人かの判断もつかない。ただなんにせよ、証拠もないのに人を吊《つ》るしあげる社会にはうんざりする。過去の事件でもさんざん心を痛めた。もうしばらくはなにもききたくない。警察が源太郎に事情聴取し、事実のみをしっかり発表してくれるよう祈るしかない。

三つ年上の兄、航輝《こうき》は当然のごとく飛んできて、夕食を準備してくれた。外にでずに済むのは助かる。翌日以降も航輝は会社帰りに寄り、李奈と夕食をともにした。今回は関わらなくていいぞと航輝はいった。李奈は静かにスープをすすった。世間がほうっておいてくれるのなら、兄の助言がなくとも、もちろん関わらずに済ませたい。

三日も経つと李奈の精神状態は安定してきた。メールに目を通す余裕もでてきた。KADOKAWAの菊池からは、ノンフィクションをださないかという誘いのメールが来たが、即刻削除した。ほかにマスコミの取材申しいれもすべてゴミ箱行きにする。その一方で、捜査の役に立てるなら警察と話すぐらいはかまわない、そう思えるようになってきた。

まるで李奈のそんな変化を察知していたかのように、警視庁捜査一課の佐々木《ささき》と山崎《やまざき》が訪ねてきた。岩崎翔吾事件からのつきあいだった。昼過ぎに現れるあたりも、夜型の小説家の日常をよく理解している。

刑事ふたりを部屋に迎える必要はなかった。マンションの一階ロビーに、応接用の共有スペースがあるのがありがたい。李奈はエレベーターを降り、ソファで刑事らと向かい合った。

今度の事件に対する世間の関心が高いため、駒込署だけでなく警視庁捜査一課も動くことになったという。その点も過去の事件と同じだった。李奈を気遣うような社交辞令ののち、刑事たちはさっそく切りだしてきた。

佐々木がいった。「丹賀源太郎さんや宴の出席者全員からうかがった事情の裏付けが終わりました。状況から考えるに、連れ去りや殺害は手慣れた者の犯行とみるべきで、宴に関わった方々に疑わしき点はないと判断しています」

李奈が問いかけたいことはきまっていた。「小山帆夏さんの行方はわかりませんか」

刑事らは深刻な顔を見合わせた。山崎が低い声で告げてきた。「いまのところ有力な手がかりはなく……」

「そうですか……」

「帆夏さんのご両親は八王子に住んでますが、当然ながら一刻も早く安否を知りたいと切実です。身代金要求の電話などがかかってきた場合に備え、八王子署の捜査員が小山家に待機中ですが、現状動きはないと」

「丹賀文学塾のお屋敷は徹底的に調べたんですよね？」

「ええ」佐々木がうなずいた。「しかしかなり古い建物ですし、いろいろ最近の家屋とは異なるところもあるので、鑑識も慎重に調べています。ふつうなら一日で終わるところを、まだ敷地全体を封鎖して、隈《くま》なく調査してるんです」

「というと、源太郎さんは帰っていないんでしょうか」

「家賃が安めのウィークリーマンションをお借りになり、そこで暮らされてます。葬儀までは気を張っておられましたが、いまはすっかり意気消沈されてるごようすで」

「でしょうね……」

「マスコミも源太郎氏を第一容疑者のように伝えたがる傾向があり、警察から釘《くぎ》を刺しておきました。正確を期せば、捜査中である以上はあらゆる可能性が考えられるわけですが、宴の席にいた以上はアリバイがあります」

李奈は醒《さ》めた気分でつぶやいた。「〝仲間か手下〟がいるかどうかも調べるべきでしょう」

「むろん関係者を片っ端から調べています。塾生も全員から事情をきいてるんです。曽埜田璋さんというペンネームの作家さん、杉浦さんのお知り合いですよね？　彼もきのう駒込署に来てもらいました」

災難に巻きこまれたようなものだと李奈は同情した。「源太郎さんに共犯者がいた可能性を捨てていないんですね、警察は」

「〝仲間か手下〟と『怪談一夜草紙』にかいてありますからね」佐々木の真剣な目がまっすぐ見つめてきた。「杉浦さん。芥川の『桃太郎』と同じく、これは古い短編小説になぞらえた犯行にちがいありません。誰がなんの意図でこんなことをしたとお考えですか」

「さあ……」李奈はすなおな思いを口にした。「今回のは見立て殺人とはちがうかもしれません」

「なぜですか」

『桃太郎』のときには被害者の胸の上に、文庫から切り離された小説本編が載せられていました。でも今度は犯人側からの積極的な言及がありません」

「とはいえ杉浦さんは気づきましたよね。『怪談一夜草紙』の再現だと」

「偶然知ってたにすぎません。岡本綺堂の『怪談一夜草紙』は、芥川龍之介《りゅうのすけ》の『桃太郎』ほど有名でなく、誰も気づかない状況も充分に考えられました。物語に見立てる目的がなんにせよ、なぜ犯人は主張しなかったんでしょう。これは『怪談一夜草紙』

だと」

「杉浦さんが宴《うたげ》に出席しているので、気づくだろうと思っていたのかもしれませんね。あらゆる本をご存じですから」

「わたしは公の場で岡本綺堂について言及したり、エッセイを執筆したりしたわけでもありません。犯人にしてみれば運まかせの要素が大きすぎませんか」

「たしかにそうです」佐々木はカバンをテーブルに載せた。「ところで、お屋敷の前を走る路地の端から、これが発見されました」

一枚のコピー用紙だった。元の紙を複写したとわかる。ワープロの活字で大きく〝座って待て〟と印刷してあった。

山崎が説明した。「本物は証拠品として駒込署の鑑識が分析中です。雨水を吸い、雑に折り曲げられた状態で、側道に落ちていました。指紋やDNA痕《こん》の検出はまず無理だと」

馴染《なじ》みのある字体だと李奈は感じた。「MS明朝で文字サイズは100ポイント以上でしょうか。Wordを使ってますね」

「よくおわかりです。普遍的すぎて使用者を絞りこむのは困難ですが」

「これはなんでしょう?」

「まったく不明です。丹賀笠都さんと小山帆夏さんを連れ去った者が落としていったのかも。犯行にクルマが用いられたかどうかも、小雨でもタイヤ痕は洗い流されますし、詳細がたしかめられないのです」

佐々木が補足した。「あの路地には防犯カメラがありません。周辺地域の録画をたしかめたのですが、団子坂のほうは夜でも交通量が多く、路地へ入っていった可能性があるクルマも多すぎます」

李奈は紙を見つめた。座って待て、か。路地に座れるような場所などあっただろうか。

ふと屋敷の前の寺に思いが及んだ。李奈はきいた。「向かいの妙蓮寺ですが、所有者の情報などはありますか」

山崎が応じた。「廃寺になって久しい建物です。昭和のころ個人が土地を購入し、その人が亡くなってからは、相続の権利がある血縁者が全国各地に散っていて、収拾がつかなくなっています。ただし向かいの屋敷の所有者とは無関係ですし、あの夜は杉浦さんたち以外、誰も足を踏みいれていません」

「たしかなんですか」

「科学捜査の賜物《たまもの》ですよ。湿った地面を踏みしめた靴跡のほうは、小雨がどのていど降った段階でついたのか、時期をかなり正確に解析できるんです。杉浦さんが駒込署に提出した靴を含め、源太郎さんと三人の作家さん、枡岡さんに樫宮美玲さんが、午後十時十五分前後に境内の奥深くまで入っています」

「ほかに入った人はいないんですか。断言できますか」

「できます。小雨は日没後ほどなく降りだし、それ以降に境内に立ち入ったのは、杉浦さんと三人の作家さん、枡岡さん、樫宮美玲さん、源太郎さんだけです。それも全員で一緒に行動していた午後十時半前後の一回きりです」

「大きい穴はいつごろからあったんでしょうか。タイヤと書籍は最近投げこまれたかと」

「いかにも」山崎は手帳を広げた。「ヨコハマタイヤとブリヂストンのトラック用で、二本とも近くの廃材置き場から、ひと月以上前に盗まれた物です。三冊の本は『全国仏像辞典』『欧州風景画集』『地理院マップ全国版』で、どれも分厚い大判の本ばかり。これらの出所《でどころ》は不明です」

佐々木が渋い顔でいった。「穴を掘ったのは、亡くなった地主だと思いますが、いまとなっては事情は……。たぶん取り壊しに伴う工事が、行き当たりばったりのまま中断したのだと思います。最近になり誰がタイヤと本を投げこんだのか、まったくわかりません」

李奈は佐々木を見つめた。「源太郎さんは境内を掃き掃除することもあったとか」

「把握してます。厳密にいえば他人の土地に侵入しているわけですが、廃寺があああいう状況なので、仕方ないといえる範疇《はんちゅう》かと。砂埃《すなぼこり》が舞うような状態で放置しておくと、夜中に通りかかったクルマから、ゴミの不法投棄があるそうです」

「なるほど。源太郎さんは道沿いをあるていど綺麗《きれい》にしておくべきだと思って……」

「そうです。屋敷の前を掃除するついでに、しばしば寺のほうもやっておいたのだとか。これは塾生さんらも証言してます。しかしあくまで前面道路寄りのかぎられた面積だけで、源太郎氏が寺の奥へ立ち入ることはなかったと」

「源太郎さんの背景も詳細に調べたんですよね?」

山崎がうなずいた。「むろんです。奥様に先立たれてから独り身、小説家として仕事をしつつ、あの屋敷を借り丹賀文学塾を始める。以来二十年が経過。最近になって息子さんが有名になったことから塾生が急増。しかし運営のほうは得意でないらしく、大家に対する賃料の支払いが滞っていて、閉塾に至る」

佐々木は苦虫を噛《か》み潰《つぶ》したような表情になった。「息子さんには批判的でしたが、宴を一緒にするぐらいですから、本当に仲が悪かったわけではないだろうと……。トラブルも特になかったようですし、反社など危険な勢力とのつながりは皆無です」

李奈も同感だった。「息子さんに対する厳しい物言いはありましたけど、それも仲のよさの裏がえしだったような……。笠都さんが芸能事務所の社長さんと親しかった以外は、特殊な人脈は親子ともになさそうでした。源太郎さんの紋付き袴《はかま》姿も趣味の域かな、と」

「ええ。源太郎さんはあまり儲《もう》かっていないばかりか、賃料の未払いが膨れあがっていましたけど、笠都さんを頼ろうとはなさらなかったようです。というより笠都さんも、稼いだお金をすぐ散財するところがあり、貯金はいつもゼロに近かったので、父親が息子に頼ろうにも頼れなかったらしくて」

「あー。ほんとに無一文だったんですね。あんなに売れてたのに……」

ふたりの刑事が目配《めくば》せしあい、揃って居住まいを正した。佐々木があらたまった口調でいった。「杉浦さんは宴の出席者でもあられることですし、知恵をお借りできませんか。なぜ『怪談一夜草紙』なんでしょう。少しでもわかることがあれば……」

「すみません。いまのところはなにも……」李奈は言葉を濁すしかなかった。本当になにひとつわからないからだ。

とはいえ謎のまま放置はできない。本業は小説家だからと逃げを打つのも、今回ばかりは許されない。帆夏の行方について、警察の捜査に進展がないとわかった。なら彼女を見捨てておけるはずがない。

10

夕方には自宅マンション近くのフレンチレストランで、優佳と待ち合わせをした。ほどなく曽埜田や兄の航輝も合流した。四人でディナーテーブルを囲む日は、もっとお祝い気分で迎えたかった。けれどもこんな状況ではやむをえない。今度は曽埜田までが当事者に含まれている。

前菜から曽埜田の食欲が衰えていないのは意外だった。曽埜田は温野菜を頰張りながらいった。「塾の受講者はみんな事情聴取を受けたよ。文字どおりひとり残らずだ」

航輝がきいた。「そのなかに怪しそうな奴は?」

「いるわけがない」曽埜田が大仰に顔をしかめた。「考えてもみなよ。小説でひと山当てたくて、丹賀笠都のネームバリューに誘われ、その父親が経営する塾に通おうとした連中だよ? 陰キャで内向的な人間ばかり、素性もごくふつうの家庭育ち。人さらいも人殺しもいるわけない」

優佳が悪戯《いたずら》っぽい目つきを向けた。「陰キャで内向的って、曽埜田さんを含めて？」

「僕はそこまで暗くはないけど潔白だ。夜十時に引き戸を外から叩《たた》けといわれてもお断りだね。源太郎さんは座禅とか、よくわからないことをさせたがるけど、理不尽に人を遣ったりはしない。受講生も不本意なことを強制されたら拒否する。現代人ばかりだからね」

李奈は曽埜田に問いかけた。「源太郎さんが向かいのお寺を掃き掃除してたの、知ってますか？」

「知ってる。警察にもきかれた。だけどあの人はただ路地沿いを綺麗にしてただけだ。寺に深く立ち入るとか不審な行動はとってない」

「曽埜田さんは……」李奈は口ごもった。「いえ、べつにいいです」

「なんだよ。どんなことでもきいてくれ。気になるじゃないか」

「閉塾の知らせが唐突だったし、その後連絡がないことに、曽埜田さんは抗議したんですよね？」

「そりゃしたよ。ほかの受講生みんなもそうだ。閉塾の宴《うたげ》に僕らを差し置いて、杉浦さんたちだけを呼んだってのも、やっぱ腹立たしくないといえば嘘になる。しかも樫宮美玲が来てたなんて」

優佳が笑った。「宴に招かれるような有名作家になるしかないですね、曽埜田さん。頑張って売れてください」

「おい、アニメ化決定作家さん。見下さないでくれるか。僕はただ腑《ふ》に落ちないといってるだけだ」

「宴の人選が？」

「……いや。そこはどっちかといえば納得がいく。あんな見た目だけど、塾長は丹賀笠都の父親だけあって、どっかミーハーだし」

「でも曽埜田さんも宴に呼んでほしかった。それだけですね」

「ああそうとも。それだけだよ」曽埜田はふざけぎみにメニューを開いた。「畜生。飲んでやる。ベストセラー作家がふたりもいるんだ。いちばん高い酒を奢《おご》ってもらおう」

「女に奢らせるんですか。いよいよヒモじゃん」

「売れたらかえす」

「太宰みたいな暮らしに憧《あこが》れる？　山崎《やまざき》ナオコーラさんの『リボンの男』みたいに分

別が育てばいいけど」

「ヒモじゃないといってるだろ！」

航輝がなだめた。「まあ落ち着けって。曽埜田君もこれはチャンスかもしれないよ？　李奈みたいに謎を解いて名を上げられるかも」

曽埜田は首を横に振った。「本格派の作家として売れたいんです。でも探偵ばりに頭が冴《さ》えてるとこは見せたいかもな」

優佳がにやりとした。「なら推理をきかせてくださいよ。誰が引き戸を外から叩いた？」

「塾の受講生じゃないのはたしかだ。源太郎さんにそんな怪しげな人脈があったとも思えない。だいいち人を攫《さら》おうってのに、その寸前に戸をノックするやつがあるか」

「それは『怪談一夜草紙』になぞらえてんじゃん」

「なんのために？　だいいち岡本綺堂なんて正直な話、僕はせいぜい名前ぐらいしか知らなかったよ。『怪談一夜草紙』は未読だった。見立て殺人にしてはテーマが微妙じゃないか？」

「わたしも知らなかった」優佳が李奈に向き直った。「あらゆる文学に精通してる杉浦先生にききたいんだけどさ。どうして岡本綺堂？　ほんとの怪談っぽく思わせたいんなら、実録とされてる小説とか、それらしい伝承とかあるでしょ」

「だよね」李奈にとっても不可解だった。「劇作家として新歌舞伎の作者で、『半七捕物帳』で有名な岡本綺堂……。場所こそ『怪談一夜草紙』そのままだけど、基本的にフィクションでしかない小説を、なんで現代の犯罪として再現する必要があったのか」

「『半七捕物帳』って、シャーロック・ホームズの影響が濃厚だってきいたことがある」

「そう。西洋の探偵小説を、日本初の岡っ引き捕り物小説にアレンジしたの。ほかに怪談としては『番町皿屋敷』が有名。西洋や中国の怪奇小説の翻案も多く手がけてる」

「わりと節操のない大衆作家じゃん」

「晩年は作風も変化したといわれてるけど……。たしかに文学史であまり触れられることもないし、作品の内容をことさらに深く掘り下げるような、文学研究の対象でもない。『怪談一夜草紙』を実話だと信じるような人もいないと思う。なのにどうしてなぞらえたのかな」

曽埜田がフォークとナイフを皿に戻した。「丹賀文学塾の授業でも、岡本綺堂の名なんていちどもきかなかったな。塾長の趣味とはまるっきり異なってるよ」

「いろいろ調べたいけど、警視庁の人たちが来て、勝手に動かないようにいわれてて……。相談は受けたけど、推論を組み立てるには情報が足りなすぎて」

優佳がグラス片手に天井を仰いだ。「ならKADOKAWAの菊池さんの依頼を受けりゃいいんじゃない？　取材ってことなら今度も大手振って、いろいろ嗅《か》ぎまわれるでしょ」

航輝がさも嫌そうな顔になった。「嗅ぎまわるって……。豚みたいにか？」

李奈は冗談につきあう気になれなかった。「あの夜、お屋敷にいたのに、話をきく機会がなかった人たちがいる。アプローチしたいけど警察が協力してくれない」

「誰？」優佳がきいた。

「板前服のふたり。和食膳《ぜん》のケータリングで料理を搬入してた。会話どころか顔もよく見てない。連絡先もわからないし……」

「あー」曽埜田がいった。「塾長が通ってる料亭の人たちじゃないか？　なら知ってるよ。いちど受講生数人が連れて行ってもらったし」

「ほんとに？」にわかに李奈の心が弾んだ。「ぜひ教えてください」

優佳が間髪をいれず曽埜田にいった。「代わりにつきあってくれとか、そういう要請は却下」

「失敬だな」曽埜田がナプキンで口もとを拭《ふ》いた。「そんなことをいうつもりはないよ」

「でも曽埜田先輩。李奈のこと好きなんだよね？」

曽埜田と航輝は同時に絶句する反応をしめした。

李奈のなかに戸惑いが生じた。「ちょっと、優佳。飲み過ぎじゃない？」

「これぐらい平気」優佳はグラスのワインを飲み干した。「『初恋の人は巫女だった』のアニメが始まったら、李奈をびゅんと追い抜くからさ。まっててよ」

「ええ。それはもちろん……」

「那覇さん」曽埜田が身を乗りだした。「僕は丹賀文学塾の受講生で、杉浦さんは閉塾の宴に参加、そして事件が起きた。ふたりは関係者なんだよ。だから真実を究明するため話し合ってる。部外者のきみが茶化すことじゃない」

曽埜田は塾生という言い方をしない。かならず塾の受講生と表現する。源太郎は塾生と呼びたがった。弟子のようなニュアンスを含みたがる源太郎に対し、曽埜田はあくまで小説の書き方を習う立場とのスタンスを崩したがらない。相互に望む関係に多少ずれがあったことがうかがえる。ほかの受講生も同じ心境かもしれない。

優佳はいっそう酔っ払いの顔つきを濃くしていた。「曽埜田さん。いちおう丹賀文学塾にも通ったんだしさ。ここいらで一般文芸を手がけたらどう？　題名は『ロープ』、曽埜田璋著」

「どういう内容だよ。『ロープ』って」

「ヒモ」

激昂《げきこう》する曽埜田と笑い転げる優佳に、李奈は手が負えなくなった。すると兄の航輝が神妙な顔を近づけてきた。

航輝は李奈に耳打ちした。「俺の見たところ、那覇さんは曽埜田さんに気があって、李奈に嫉妬《しっと》してる。アニメ化を機に成功目前のいま、曽埜田をからかいながらも振り向いてほしがってるし、李奈と張り合ってる」

「まさか」李奈はため息をついた。「そんなことより事件でしょ」

「李奈。もう厄介なことに関わるなといったろ」

呂律《ろれつ》のまわらない優佳の声が抗議した。「厄介とはなによ」

「きみのことじゃない」航輝はそういってから李奈に目を戻した。「宴《うたげ》には出席しても、事件に首を突っこむのはよせ。気が気じゃないよ」

「今度ばかりはそういってられない」李奈は運ばれてきた料理を眺めながらも、手をつけられない気分に浸った。帆夏の命がかかっている。

11

午後三時、李奈は東京メトロの本駒込《ほんこまごめ》駅の階段を上った。空は晴れている。片側二車線の本郷通り沿い、市街地の歩道を進んでいく。秋の陽射しは日を追うごとに脆《もろ》くなる。もう光が赤みを帯びていた。夕方の様相を呈してきている。

曽埜田からきいた料亭の住所をひとりめざす。ポケットのなかにスマホの振動を感じた。どうせ週刊誌記者の誰かだろう。そう思いながらとりだしてみると、画面表示により実家からだとわかった。

李奈は歩きながら応答した。「はい」

母の声がいった。「李奈」

「なに？　今月の家にいれるぶんのお金なら、もう振りこんだよ」

「それはありがと。お父さんも喜んでた……けど、俺より李奈のほうが稼ぐから、会社辞めようかなとかいいだしてね。あんたからも馬鹿な話はやめてといってあげて」

「そんなのお母さんから伝えてよ。わたしはお父さんと話すの苦手だし」

「いつまで親に冷たくするの？」

「ちょっと。なにそれ。人聞きの悪い」

「小説家になるのをお父さんが反対したのが、永遠に許せない仕打ちだったっていうの？　経済的自立もいいけど、このまま実家と疎遠になったら、きっと将来後悔する。親孝行しときゃよかったなぁって」

母は自分のことを棚に上げている。李奈の職業を否定したのは母親も同じだったではないか。うんざりしながら李奈はいった。「疎遠とかじゃなくて、わたしは独り暮らししてるの。こっちで仕事もあるから、そんなに実家にかまってられない。お母さんとお父さんのほうも、そっちで好きにしててよ」

「会社員とちがって、この時期でも里帰りできるでしょ」

「できない。いろいろ忙しくて」

「なにがそんなに忙しいの？　いまワイドショーで、丹賀笠都さんだっけ、作家さんが亡くなった事件を報じてるけど、またあんた関わってない？」

さすが母親だけにいい勘をしている。しかし李奈が宴に出席していた事実はまだ報道されていない。李奈はとぼけてみせた。「きょうの夕方からもコンビニのバイトがあるし」

事実だったが、母の声は怪訝《けげん》そうにくぐもった。「まだバイトをつづけてるなんて嘘でしょ」

「嘘じゃないって。週一の六時間だけやってるの」

「なんで？　ファミチキどうですかとかやってるの？　唸《うな》るほどお金が入ってきたのに嫌味じゃない？　ディズニーの耳つけて志摩《しま》スペイン村に来るようなもんでしょ」

「ローソンだからファミチキは売ってない。ミッキーの耳を三重県民は気にするかもしれないけど、つけてるほうはなんとも思ってない。ってか、せめて長島《ながしま》スパーランドに喩《たと》えてよ。なんで志摩スペイン村？」

「まあ好き勝手にするのはしょうがないけど、変なのと急に結婚するとかやめてよ。くれぐれも気をつけて。お金があるとヒモみたいな男が寄ってくるから」

なぜ女が収入を得るようになると、みなヒモがどうとかいう話題になるのか。李奈は問いかけた。「なんで電話してきたの？」

「うちの近所に建て売り分譲地ができてね。そっちじゃ電話ボックスも買えないぐらいの価格で、こっちは立派な家が建つの。広告を送ってあげようか」

「いらない。電話ボックスって言葉もひさしぶりにきいた」

「婚約するなら相手を一回うちに連れてこないと駄目よ」

あれこれいっているが、ようするに親の言いぶんはいつもと同じだ。李奈が売れなかったころは、無駄だから実家に帰ってこいと主張した。売れてからは、もう東京にいなくても仕事できるはずだから、やはり帰ってこいの一点張りになった。経済面で李奈から頼られなくなったことに、親が焦りをおぼえているようでもある。面倒くさいと李奈は思った。親と一緒にいたくないから上京して頑張ってきたのに。

李奈はあえてぶっきらぼうにいった。「用事があるから切るね」

「まって。ご近所が色紙持ってきたんだけど。李奈のサインがほしいって」

「色紙ってタレントや野球選手じゃないんだから。ふつう本を買ってくるのが常識だけど、当分は帰らない。じゃあね」

今度こそ返事をまたず電話を切った。もやもやしたものをひきずりながら歩きつづける。たしかに自立は親との関係修復の機会を失わせるかもしれない。それこそを自立と呼ぶような気もする。わけがわからなくなる。とりあえず本をろくに読まないご近所にサインなんかしたくない。

『十六夜月』が売れて以降、読書が趣味でない人からもサインを求められるようになった。差しだされた『十六夜月』にブックオフの値札が貼ってあることもめずらしくない。

ほかにもにっこり笑いながら、図書館で順番まちなのでまだ読んでません、そんなふうにいってくる人もいる。いずれも著者がどう思うか、想像がつかない相手の心理に、むしろびっくりさせられる。断固として買わない気ですかと心のなかで突っこみたくなる。

やれやれと思いつつ、前方に目を向けると、料亭花洛《からく》の看板がそこにあった。わき道へ入る角に建つビルの一階だった。前面は和食の高級店という印象の、豪華な装飾に彩られている。入口に準備中の札がかかっていた。休憩時間なのは事前連絡により承知済みだった。

李奈はビルの裏側にまわった。そちらは雑然としている。軽トラとワンボックスカーが停車するガレージの奥、コンクリート製のスロープの先は、厨房《ちゅうぼう》への搬入搬出口になっていた。

うろつく板前服姿は、あの晩に屋敷の厨房で見たのと同じだった。李奈は近くにいる男性に声をかけた。「すみません。渡来《わたらい》さんというかたはおられませんか」

男性はスロープの先へ声を張った。「渡来!」

別の板前服が通用口から姿を現わした。三十歳前後の男性だった。李奈は屋敷にいたふたりの板前服について、顔をろくに見なかったとの認識を持っていた。よって本人かどうか確証を持てない、そんな心配を抱いていたが、いまこの瞬間に吹き飛んだ。男性の顔にはたしかに見覚えがあった。ほんの少し目にとめただけでも、かろうじて記憶に留《とど》まっていたようだ。

ああ、と渡来なる板前服は会釈をした。向こうは李奈をちゃんと覚えていたらしい。渡来が歩み寄ってきた。「あのときはどうも」

「急に押しかけて申しわけありません。……あのう、丹賀源太郎さんのお屋敷でお会いしましたよね？」

「ええ。そのことでいらっしゃったんでしょう？　当日働いてたもうひとりも呼びますか？」

「はい。お願いできれば……」

「ちょっとまっててください」渡来はスロープを駆け上っていった。

事件当夜の板前服ふたりのうち、渡来のほうはぼんやり記憶していたが、もうひとりは後ろ姿しか見なかったはずだ。したがって顔も今度こそ完全に覚えていない。

ほどなく渡来が戻ってきた。後ろにつづく板前服を見て李奈は啞然《あぜん》とした。浅黒い肌の丸顔に高い鼻、太い眉《まゆ》と大きな黒目。外国人のようだ。

渡来が紹介してきた。「彼はフェルです。フェルナンドを縮めてそう呼んでます。

フェル、こちらはけさ電話で連絡があった、杉浦李奈さんだ。丹賀源太郎さんの宴《うたげ》にもいらっしゃってた」

フェルは訛《なま》りの強い日本語でいった。「初めまして」

「初めまして……」李奈は頭をさげた。「フェルさんはどちらのご出身ですか」

「メキシコ」

なんと。李奈は言葉を失った。メキシコでは国歌をまちがえると罰金、佐間野の披露したそんなうんちくが脳裏をよぎる。まさかあれが伏線で、いまはなんらかの伏線回収だろうか。いや、これは現実のできごとだ。物語のように錯覚しがちなのは、小説家の職業病にちがいない。

渡来が真顔でささやいた。「僕らは駒込署に呼ばれて事情聴取を受けました。そこでも説明したんですが、もともとこの店のお客さんだった丹賀源太郎さんのために、息子さんが和食会席ケータリングコースをご注文になり、あの日僕らがスタッフとして派遣されました。それだけです」

李奈はきいた。「それ以前にお屋敷へ行ったことはありましたか」

「いいえ。ケータリングのご注文は初めてでしたし、丹賀さんのご住所も、注文時にきくまで知りませんでした」

「ええと」李奈は恐縮ぎみに問いかけた。「あの日、屋敷の厨房におられたのは、渡来さんと……。たしかにフェルさんだったんですよね？」

「タコス」とフェルはいった。

「はい？」

渡来がしらけた顔で説明した。「これをいうとウケることが多いんですよ。フェル、いまは返事にタコスは不適切だ。ちゃんと答えろ」

フェルは仏頂面のままうなずき、李奈に目を戻した。「スィ」

たったひとことでも渡来は几帳面《きちょうめん》に通訳してきた。「はい、といってます」

顔を見ていないからには、なにを質問しようと、フェルがあの屋敷にいたという確証は得られない。李奈は渡来にたずねた。「駒込署の刑事さんは、当日おふたりがお屋敷にいたということで納得してますか？」

「もちろんです。駒込署にきいてみてください。店長もほかの従業員も把握してます」

「あのお屋敷から何時ごろ撤収したんですか」

「午後九時過ぎです。簡単に片付けておいて、あとは翌日という予定でした」

「その後はどちらに……？」

「九時半までにこの店にクルマを戻して、次は近くのナイトパーティーへ、今度は徒歩で食事を運びました」

「ナイトパーティーですか？」

「本駒込五丁目のショップの開店祝いだとかで……。この先、三つめの信号の角を折れた、ブランディーヌという店です」

「そこでもケータリングを？」

「ええ。ショップ店員さんたちだけのパーティーで、テーブルと椅子でしたが、寿司をご希望でしたので」

「パーティーはいつまでつづきましたか？」

「それが」渡来はそのときの感覚を思いだしたのか、ふいに疲れた顔になった。「明朝の始発電車が動きだすまで延々つづいて。店に戻ったのは午前七時ぐらいです」

「最後までつきあったんですか？」

「寿司を握らなきゃいけなかったんで」渡来がフェルに顎《あご》をしゃくった。「彼は洗いものと片付け専門でした。でも都内の店舗ってのは狭いんで、食事を提供しながら効率的に片付けなきゃいけないんです。だからフェルも朝まで休まず働いてました」

フェルはうなずいた。「タコス」

渡来が咎《とが》めた。「滑ってるよ」

「サボテン」

「メキシコの名物をいえばいいってもんじゃないんだ。黙ってろよ」

変に冗談めかそうとするのは、日本で働くうえでのコミュニケーション術を、フェルなりに学習した結果だろうか。酒が入った客なら大笑いする可能性もある。李奈はただ戸惑うだけだった。

するとフェルが李奈を見つめながらつぶやいた。「俺リナ好き」

「……はい？」

フェルはハイキーの『ローズブロッサム』のサビを口ずさんだ。両手で簡単に振りの真似もした。リナではなくリイナといったらしい。フェルは得意げに笑った。李奈もつきあいで笑わざるをえなかったが、たぶん表情は凍りついているにちがいない、そう自覚した。K－POPにはあまり詳しくなく、話題もそれ以上ひろがりそうにない。

嚙《か》み合わない会話に沈黙が生じがちになる。渡来が咳《せき》ばらいした。「ブランディーヌの店員さんたちと、駒込署の刑事さんらにきいてみたらどうですか。僕らが屋敷にいたことも、丹賀源太郎さんが証言してくれるでしょうし」

李奈の当惑は深まった。「あいにく源太郎さんはもうお屋敷におられなくて、どっかのウィークリーマンションにお住まいらしいんですが、警察が場所を教えてくれなくて」

「ご存じない？」渡来は逆に驚いたようだった。「きのうもお粥《かゆ》を届けたばかりですよ」

「お粥？」

「食欲不振で消化にいいものを欲してらっしゃって、うちの店のお粥じゃないと口に合わないらしくて。だから住所も知ってますけど」

フェルが渡来にきいた。「教えていいのか？」

渡来は無表情にフェルを見かえした。「変なとこで気をまわすんだな。杉浦さんならだいじょうぶだよ」

「タコス」

李奈に向き直った渡来が告げてきた。「丹賀さんは近くにお住まいですよ。住所をメモして行かれますか？」

胸が躍った。少々行き過ぎた振る舞いかもしれないが、帆夏が行方不明のいま、手をこまねいてばかりもいられない。李奈はうなずいた。「ぜひお願いします」

12

李奈はその足でまずブランディーヌに立ち寄った。店員はスマホカメラの画像を見せてくれた。ナイトパーティー当日のようすだった。関係者で賑《にぎ》わうなか、渡来とフェルが随所で写りこんでいた。

移動中には駒込署の担当刑事に電話した。捜査本部ができていて、警視庁から佐々木と山崎が出向してきている、そのように教えられた。刑事によればあの夜、屋敷にいた板前服ふたりは渡来とフェルと確定済みで、しかもその後は動かぬアリバイがあるといった。料亭花洛やブランディーヌだけでなく、ふたりがクルマや徒歩で移動中のようすも、無数の街頭防犯カメラで裏付けられたという。

渡来とフェルは、午後九時二十六分に料亭花洛へ戻り、九時四十八分にはブランディーヌに入った。以後はずっとブランディーヌの店内でナイトパーティーのために働いた。ふたりが解放されたのは渡来の説明どおり、翌朝の七時過ぎだった。

あの夜、午後十時をまわるまで、笠都は屋敷で宴に参加していた。帆夏もたしかに同じ室内にいた。最初に勝手口の戸を叩《たた》く音がして、帆夏が厨房《ちゅうぼう》へ赴いたのち、李奈はスマホで時刻を確認した。午後十時七分だった。その直後にまた戸を叩く音が響き、笠都も厨房へ向かった。あのころ板前服のふたりは、とっくに屋敷を去っていて、ブランディーヌのナイトパーティーにでていた。千駄木三丁目の屋敷と、本駒込五丁目のブランディーヌは、約一・五キロ離れている。渡来とフェルはナイトパーティーを一時たりとも中座せず、屋敷に舞い戻るどころか、ブランディーヌをでた気配すらない。勝手口の戸を叩くのも、帆夏や笠都をさらうのも、まして笠都を殺害するのも、あのふたりには不可能。刑事はそのようにいいきった。

駒込署の捜査本部はまた、塾生の全員について、事件発生時のアリバイがあるのを確認したという。曽埜田も当夜は千代田区のバーで、集英社の編集者と飲んでいたと証明された。午後十時過ぎに勝手口の戸を叩けた人物は、塾生のなかにもひとりもいなかった。

李奈が源太郎のウィークリーマンションに着いたのは、もうかなり陽が傾いてからだった。警察との電話がかなり長引いてしまったせいだ。文京区白山《はくさん》五丁目、住宅街のなかに埋もれた低層マンション。建物は古びていて、オートロックのエントランスもなかった。たぶん当初はふつうの賃貸物件だったのが、駅から遠かったせいでウィークリーマンションに鞍替《くらが》えしたのだろう。

源太郎が住むのは二階の204号室だった。この部屋を選んだ理由はすぐにわかった。2DKの間取りはキッチン以外、畳敷きの和室になっている。

ワイシャツにスラックス姿になった源太郎は、長く伸ばした白髪や髭《ひげ》も威厳を失い、ひどく憔悴《しょうすい》して見えた。和室の隅には簡易的な仏壇がある。笠都の遺影が飾られ、骨壺《こつつぼ》が据えてあった。李奈は線香をあげ手を合わせた。

正座した源太郎の姿はずいぶん小さかった。項垂《うなだ》れた源太郎が、喉《のど》に絡む声でささやいた。「ふしぎなもんですな……。思いだすのは笠都が小さかったころのことばかり。笠都は頭がよくて、早いうちからひねくれてましたが、すなおな面もありましてね。強く叱ると反発するものの、じつはこっそり従ってたり」

李奈も畳の上に正座し、厳かに源太郎と向き合っていた。「笠都さんらしいですね」

「まったくです」源太郎の顔がわずかにあがった。遠くを眺めるまなざしとともに、源太郎がぼそぼそといった。「私が笠都に勉強しろというと、うるせえクソ親父とかえしてくる。堪忍袋の緒が切れ、私は執筆の仕事もほったらかしにし、飲みにでかけてしまいました。深酒をして夜中に帰ってみると、笠都の部屋に明かりが点《つ》いてるんです。あいつは机に向かい、国語の問題集に取り組んでました」

「宴《うたげ》の席でも、おふたりのあいだにある信頼を、わたしは感じとっていました」

源太郎は小さく鼻を鳴らした。「信頼などありはしません。笠都はかつての思いやりを捨て、差別用語だらけの小説を書くようになった。当初は金のため、意識的に過激な内容に努めていたかもしれませんが、やがて物書きとしての魂までも腐りだした」

「そんなことは……」

「いえ。お気遣いいただかなくともよろしいんです。杉浦さんもあいつの小説は是とせんでしょう。私だってそうです。わが子が安易に人を見下し、嘲《あざけ》り、暴言を書き連ねるようになった。作家である私はおおいに傷つきました。妻ばかりか息子を失った、そう思った。あいつは死ぬべき運命だったかもしれません」

穏やかならざる物言いだった。李奈は慎重に言葉を選んだ。「そのようにおっしゃったのでは、笠都さんがお気の毒ですよ。源太郎さんのお立場も悪くなると思います」

「ああ……。世間が私をどう見とるかは、刑事が教えてくれました。以前からインターネットは塾生頼みだったので……。笠都の父親を疑う声が圧倒的だとか」

李奈は首を横に振った。「事実はちがいます。わたしはあなたと一緒にいました。

宴に出席していたほかの人たちも」

源太郎の目は卓袱台《ちゃぶだい》の上に向いた。久遠社の日本文学全集、岡本綺堂の短編を網羅した巻。屋敷の蔵書にあった一冊だった。物憂げに源太郎がいった。「あれ以来、『怪談一夜草紙』を何度も読みかえしとります。裏口の戸を叩いたのは、浪人の〝仲間か手下〟だったとある」

「駒込署の刑事さんがいってました。源太郎さんにそんな人脈は皆無だって……。塾の受講生さんにしても、全員にアリバイがあると証明されたそうです。共犯なんかありえません」

「もうどうでもよくなっとります。笠都はもういない。あいつの書いた差別表現に、深く傷つけられた世間も、今後は憂慮せずに済むでしょう。警察がもし私を逮捕するなら、それでもいいと思えてきました」

「そんなふうに考えるのは……。源太郎さん、どうかお力落としなく。わたしとあなたが知り合ったのも、笠都さんがいたからじゃないですか。宴の席に招待客を揃えるため、八方手を尽くした笠都さんの真心は、あなたに捧《さき》げられていたと思います。やむをえず閉塾せざるをえなくなったあなたを、笠都さんは励まそうとしたんでしょう」

「あいつにそんな思いやりがありましたかな。業界への影響力や人脈を、私に見せつけたかっただけでしょう。そのようにとらえたほうが、私の心も楽になります。あいつを憎たらしいままにしておきたかった」

「……源太郎さん。真相はきっとあきらかになります。一日も早く犯人を見つけなきゃならないんです。帆夏さんが行方知れずのままですから」

「帆夏……」源太郎が徐々に真顔になった。「ああ、そうだ。お恥ずかしい話、私は自分だけのことのように、問題を矮小化《わいしょう》していた。小山帆夏さんの安否が心配です」

「なんとしても無事に助けだすべきです。警察も捜査してますけど、じれったいことこのうえなくて……。当日わたしがお屋敷に着く前から、帆夏さんはもう和服姿で働いてましたよね？　なにか話しましたか？」

「挨拶《あいさつ》は交わしましたが、深く突っこんだ話はなにも……。私はすべて笠都から電話で伝えられたのです。芸能事務所の社長に頼んで、タレントの若いお嬢さんをふたり派遣してもらうと。宴の世話係をしてもらう旨も了承を得ているから、本人らにまかせればいいとのことでした」

「仮に誰かが勝手口を訪ねてきた場合、応対するのは帆夏さんだという、取り決めかなにかありましたか」

「いや……。きいてませんな。お客様が来られたらご案内しますと、帆夏さんのほうからいってきたので、私も安心してまかせられると思っただけで」

「ではあのとき帆夏さんが勝手口に向かったのは偶然……」李奈はふと言葉を切った。

源太郎が妙な顔になった。「どうかしましたか」

〝行きがけの駄賃にお角さんかお豊さんかを引っ攫《さら》って行って、どこかの宿場女郎にでも売り飛ばすつもりであったろう〟と『怪談一夜草紙』にはある。〝お豊さんの方は運よく助かったわけです〟とも記されていた。

もしかして犯人が狙ったのは樫宮美玲か。有名人の十八歳タレントを攫おうとしたものの、偶然にも帆夏のほうがでてきてしまった。人ちがいだったとすれば、帆夏の命が危ないのでは……。

いきなりドアを叩《たた》く音がした。李奈は飛びあがらんばかりに驚いた。

ノックの音はあの晩に似ていた。繰りかえし何度も断続的に叩く。さほど乱暴ではないが、そこはむしろ『怪談一夜草紙』に近かった。〝戸をとんとんと軽く叩く音〟だと作中に書いてある。

源太郎が腰を浮かせた。２ＤＫの間取りに廊下や玄関ホールはなく、ダイニングキッチンの隅に靴脱ぎ場があり、ドアはそこに面していた。源太郎がサンダルを履きドアに向き合う。解錠しドアを開けた。

どうも、と挨拶しながら入ってきたのは、ふたりのスーツだった。李奈は気まずさとともに立ちあがった。警視庁の佐々木と山崎が室内をのぞきこんだ。

佐々木がため息まじりにいった。「杉浦先生。やはりこちらにおられましたか。料亭花洛でここの住所をきいたそうですね」

李奈はぐうの音もでなかった。「ご迷惑をおかけするつもりは……。ただ帆夏さんのこともあるし、情報収集しないとなにもわからなくて」

刑事らは難しい顔になったものの、小言を口にする気はないようだった。神妙な面持ちで山崎が告げてきた。「では杉浦先生、私たちと一緒にご足労願えますかな」

「どこへ……?」

「署ではありませんよ」山崎がいった。「出版社を訪問するにあたり、あなたがおられれば心強いので」

13

夜七時過ぎ、講談社のある音羽《おとわ》通り沿いを、李奈は足ばやに歩かざるをえなかった。

スーツの大群が歩道いっぱいにひろがり、急き立《せ》てるようにぐいぐいと進みつづけるからだ。李奈はその集団に埋没するがごとく加わっていた。

ついさっき佐々木と山崎は大塚《おおつか》署にパトカーを停めた。ここから近いので徒歩でいきます、山崎がそう告げてきた。いま捜査一課のふたりのほか、大塚署の刑事らが大挙して繰りだしてきている。どの顔もいかつい。刑事組織犯罪対策課の面々ですと佐々木が紹介した。

ミステリを書いた経験のある李奈の知識によれば、組織犯罪対策課とは暴力団の取り締まりが専門のセクションではなかったか。予想外の人員にうろたえるしかない。いきなり従軍しろといわれ、最前線に駆りだされたような不安が、李奈のなかにひろがった。

音羽通り沿いやその周辺には、たくさんの出版社がある。李奈が関わった会社もそれ以外も無数に存在する。講談社と光文社のほか、大和出版や三和書籍、東洋出版、霹靂《へきれき》出版。だが丹賀笠都の作品を多く刊行する時津風《ときつかぜ》出版が、講談社から歩いて行ける距離にあるとは知らなかった。

幅が狭く細い雑居ビルが、歩道沿いに隙間もなく軒を連ねる。そのうちのひとつに刑事たちは立ちどまった。七階建ての二階と三階に窓明かりが灯《とも》っている。ただし正面のシャッターは下りていた。時津風出版の看板が掲げてある。

大塚署の刑事がシャッターわきのインターホンを押した。返事がない。さらにあわただしくチャイムを鳴らしたのち、なんとシャッターを乱暴に叩きだした。宴の夜の勝手口を想起させる騒々しさだった。

「警察だ」刑事が荒っぽい口調でいった。「開けろ」

突然ほかの刑事たちも、さっさと開けろ、開けやがれと怒鳴りだした。沈黙を守っているのは佐々木と山崎だけだが、ふたりともいつになく険しい表情で、荒くれ者の集団に違和感なく溶けこんでいる。むしろ無言の威圧感を漂わせるツートップの貫禄《かんろく》だった。

李奈は肝を冷やした。この人たちは本当に組織犯罪を取り締まる側なのか。だいいちなぜ出版社への事情聴取が、こんなに物々しいのか。

インターホンのスピーカーから男性の声がきこえてきたが、刑事たちがやかましすぎ、李奈の耳にはなにを喋《しゃべ》っているのかわからなかった。

だが刑事はいっそう声を荒らげた。「令状ってなんだ？　なんの令状だよ。そんなもんがなきゃ開けれねえ理由でもあんのか。そうなったときには遅《おせ》えぞ。いいから四《し》の五のいわずにとっとと開けろ！」

またほかの刑事らの罵声《ばせい》や怒声がいっせいに飛んだ。通行人がなにごとかと足をとめるが、刑事の群れは特に道を譲ったりもしない。

ミステリでは令状なしに踏みこめないと刑事が苦悶《くもん》したり、テレビの『警察24時』でも警察官が慎重な姿勢を崩さなかったりするが、事実はどうやらちがうらしい。背景になにがあるのか知らないが、恫喝《どうかつ》や威嚇が公然とおこなわれている。李奈はひたすら萎縮《いしゅく》した。そういえば女性警察官はひとりもいない。この場にいる女は李奈ひとりだけだった。

金属のこすれる音が響きだした。ついにシャッターがゆっくりと上がり始めた。目線の高さまでシャッターが上がるまで待てないのか、角刈りの刑事らがヤンキー座りをし、なかに目を光らせる。やはり警察とは信じがたい。

やがてシャッターが上がりきった。一階ガレージは軽トラ一台でいっぱいになるていどのスペースだった。わきに上り階段がある。刑事たちがぞろぞろと上っていった。しかし数人が先行したのち、佐々木が片手をあげると、歩道上に残る大塚署員らは動きをとめた。

佐々木が李奈をうながした。「どうぞ」

山崎が露払いのごとく階段へ赴き、佐々木も同調する。ほかの刑事らは黙って李奈を先に行かせようとする。李奈はビル内へ向かわざるをえなくなった。階段を上りだすと、背後に刑事らがつづいた。もう退路を断たれた。まるでヤクザの姐《あね》さんのごとく、極道っぽい男たちの行進に加わっている。こんな状況は嫌すぎる。

二階の開放されたドアには〝時津風出版　編集部〟とあった。オフィスに足を踏みいれる。李奈は全身が凍りつきそうになった。目に飛びこんできたのは、大きな日の丸の旗、それに〝愛国〟と刺繡《ししゅう》された錦《にしき》。神棚には日本刀が飾られ、やたら大きな熊手が壁にもたせかけてある。事務机の島はかろうじて出版社の雰囲気を醸しだすが、社員らは剃《そ》りこみやパンチパーマがめだち、スキンヘッドやタトゥーまで目につく。菊紋総柄の黒パーカーや特攻服風のジャージも多い。全員が立ちあがり怒鳴り声を発する。うちひとりの声がとりわけ大きかった。「なんの用だ、てめえら！　会社に踏みこんできやがって、営業妨害だろが！」

睨《にら》み合う二大勢力の片方に、李奈は否応《いやおう》なく組みこまれてしまっている。大型犬の群れにチワワが介在するようなものだ。小さくなって震えるしかない。

時津風出版の社員のなかで、背が低めのチンピラっぽい若手が、両手をポケットに突っこんで進みでた。率先して刃向かう役割らしい。若手が警察陣営に対し肩をそびやかせた。「おいこら、なんとかいったらどうなんだよ公僕ども。俺たちにゃ表現の自由ってもんがあるんだよ。てめえら国家の犬がキャンキャン吠《ほ》えたって知るかよ」

……この人たちがふだん本づくりをしているのだろうか。いちおうここは編集部ということだが、初校と再校のゲラをチェックしたり、装丁をデザイナーと話し合ったりするのか。想像を絶する世界だと李奈は思った。

警察は先に手をださない、それが一般的な常識だ。小説でも刑事が暴走すれば、上司からたちまち問題視され、左遷の憂き目に遭ったりする。そのように描写しないと校正のエンピツが入ったりする。しかし現実は小説より奇なりどころか、ただ超越していた。大塚署の刑事は黙って若手社員の肩を突き飛ばした。

それがきっかけとなり、両陣営の憤りは頂点に達し、最前線が激しく揉《も》み合った。大勢の怒鳴り散らす声がこだまする。李奈は押しくらまんじゅうのなかで泣きそうになった。もう帰りたい。

ひときわ大きな怒声が響き渡った。「静かにしやがれ！」

双方が動きをとめた。しんと静まりかえったオフィス内で、社員を掻《か》き分け、白髪まじりのスーツが姿を現した。六十すぎとおぼしき男性が警察陣営に頭をさげた。

「社長の篠垣《しのがき》です。なにかご用でしょうか。大挙して押しかけるとは尋常じゃないと思いますが」

「捜査一課の佐々木だ。警察官職務執行法の第五、六条に基づき、緊急事態と解釈し令状なしに捜査する」

「はて。うちのドル箱作家を殺害した不届き者に、目星でもついてるんでしょうか」

「それより十八歳女性の命がかかってる。だから悠長なことはいってられない」

小山帆夏の名はまだ報じられていない。樫宮美玲もだ。篠垣社長はなにも知らないようすで問いかけた。「十八歳女性？　どなたですかな」

「いいから捜査に協力してもらおう。それとも手がけてる刊行物を槍玉《やりだま》にあげられたいか？　表現の自由ってのがいつでも盾になると思ったら大まちがいだ」

丹賀笠都がなぜ差別用語だらけの小説を出版できるのか。その謎は版元を訪ねてみてたちどころに解けた。時津風出版とはこういう会社だった。

ふいに篠垣社長が李奈を睨みつけてきた。「そちらのお嬢さんはどなたですかな」

暴力団然とした編集部員らがいっせいに凝視してくる。李奈は縮みあがったまま、とりあえず微笑んでみせた。場ちがいは百も承知だった。

山崎が篠垣社長にいった。「こちらは作家の杉浦李奈さんだ。おまえらに出版社としての業務実態があるかどうか、意見をきくために同行してもらった」

社員のひとりが凄《すご》んだ。「業務実態ってどういう意味だよ」

「本づくりは下請けかなにかに押しつけて、おまえらは甘い汁を吸うだけの反社集団じゃないかと疑う声がある」

「どこの誰の意見だそりゃ！」

また社員らが猛然と抗議しだした。だが今度は篠垣社長がすばやく手で制した。

「黙ってろ」篠垣は社員らを咎《とが》めると、李奈に向き直った。「杉浦李奈先生。お若くても評判は聞き及んでます。機会があればぜひうちでもお書きいただければ」

山崎が不敵にいった。「間に合ってんだよ。大手から引く手あまたの杉浦先生が、雑居ビルのエセ右翼なんか相手にするか」

社員らがまた憤りだした。「なんだとコラ！　なめた口ききやがって！」

押し合いへし合いのなかで李奈は涙ぐんだ。小説の主人公ならたちどころに解決するだろうが、現実には荒くれ男の群れに肝を潰《つぶ》すばかりだ。もうやだ。助けて優莉結衣《ゆうりゆい》。

篠垣社長が周りに呼びかけた。「落ち着け！　俺たちが真っ当な出版社だと証明できるいい機会だ。杉浦先生、こちらへどうぞ。編集者の机を見てくだされ」

両陣営が静まりかえり、李奈ひとりを注視している。じっとしてはいられなくなった。怖々と前に進みでる。篠垣社長に一礼したのち、近くの事務机を見下ろした。

ノートパソコンには電子ゲラが表示されている。それとは別に紙のゲラの束も置いてあった。作業途中のようだが、校正記号は丁寧に書きこまれていた。文面から察するに、過激な思想のノンフィクションではあるものの、本づくりのひとコマであることに疑いの余地はない。半開きの引き出しのなかは朱《あか》ペン、定規、付箋《ふせん》、クリップ。この社風からすると妙に可愛く思える。

李奈はうなずいた。「ちゃんと編集がおこなわれてます」

篠垣社長が警察陣営に胸を張った。「おわかりいただけましたかな」

社員らは勝ち誇ったように、どうだ、ざまあみろといっせいに口撃を浴びせた。李奈はそんな社員たちに囲いこまれていた。今度はこちらの勢力に属してしまったかのようだ。対岸の警察陣営が遠く見える。思わず救いの手を求めたくなる。

佐々木が苦い顔になった。「本題に入る。丹賀笠都に対する脅迫があっただろう」

「脅迫？」篠垣社長がたずねかえした。

「あんな小説をだしていれば反感を買う。よく売れてればなおさらだ。ネット上もヘイトに溢《あふ》れてる。おまえら自身がヘイトに走った因果応報でもあるんだが」

「おい、佐々木さん。決めつけはよくないと、いま思い知ったばかりでしょう」

「まずもってありうることだから決めつけてる。脅迫のなかで過激な主張はどれぐらいあった？　同じ人物からの電話や手紙が頻発するとか、殺してやるとはっきり脅してきた例は？」

「そんなことをきいてどうするつもりですか」

「こっちは丹賀笠都を殺害した犯人を捜してる。脅迫者がいれば非常に有力な容疑者となる」

「あいにくそんな脅迫など一文も受けとってはいませんね。お引き取りを」

李奈は篠垣社長にいった。「嘘でしょう」

ふいに張り詰めた空気が漂いだした。篠垣が見つめてきた。「なんですか？」

臆《おく》している場合ではないと李奈は思った。「脅迫文はどこですか」

「なにをいってるんです。ないといってるじゃないですか」

「佐々木さんは電話や手紙とおっしゃったのに、あなたは脅迫など一文も受けとっていないと答えました。一文という言葉が口を衝《つ》いてでたのは、なんらかの手紙が念頭にあったからです」

「杉浦先生」篠垣社長が据わった目つきになった。「初対面なのにですぎた口をきくべきじゃないと思いますがね」

帆夏の命がかかっている。真実の断片だけでもあきらかになるなら躊躇《ちゅうちょ》すべきでははない。李奈はひるまなかった。「わたしのような駆けだしの作家でも脅しめいた手紙は来ます。櫻木沙友理さんもそうでした。小説の内容に問題がなくても、あるていど世間の関心を呼べば、もうヘイトと無縁ではいられないんです。まして丹賀笠都さんの場合、脅迫文が一通もきていないなんて、そんな世迷《よま》いごとは信じられません！」

室内はまた静まりかえった。篠垣社長が距離を詰めてきた。仏頂面で篠垣がぼそぼそと告げた。「若い娘《こ》が警察やマスコミにちやほやされて、のぼせあがってるだけかと思ったが、たいした度胸だ」

圧迫感に息苦しさをおぼえる。それでも弱腰にはなれない。いまこの瞬間にも帆夏はどこかで苦しんでいるかもしれない。警察の捜査が進展するのなら全力で後押しすべきだ。

篠垣は踵《きびす》をかえすと、壁ぎわの棚に向かい、引き出しを開けた。つかみだしたのはエンジいろの封筒の束と、黒い便箋《びんせん》数枚だった。便箋が入ったままの封筒も多くあるようだ。篠垣がそれらを事務机に投げだした。ぜんぶで五十通ほどあった。開いた便箋が目に入った。黒地に白インクのプリンターで文面が印字されている。一行目に〝殺害予告〟と大書してあった。

刑事たちはそれぞれに手袋を嵌《は》め、無言で進みでてきた。篠垣社長が引きさがると、社員らも腹立たしげな態度をしめしつつ、刑事の群れに場所を譲った。

にわかに解放された李奈のもとに、佐々木と山崎が歩み寄ってきた。山崎がきいた。

「だいじょうぶですか」

「はい……」李奈はようやく安堵《あんど》をおぼえた。緊張が解けた途端、膝《ひざ》から崩れ落ちそうになる。かえって身震いが収まらなくなった。

佐々木が階段のほうへいざなった。「ご協力に感謝します。おかげで捜査が大きく進展しそうです」

階段の下り口まで引きかえした。李奈は佐々木と山崎にきいた。「あの脅迫文は……?」

山崎が小声で応じた。「蛭井《ひるい》章仁《あきひと》という半グレあがり以下、七人からなる非合法活動チーム、赤色団《せきしょくだん》の手紙です。もともとホームレス狩りを趣味にする若者たちの集まりだったんですが、いい歳になってからは活動家を名乗るようになりました。いろんな凶悪犯罪に関わっていた疑いがあります」

「そこが丹賀笠都さんを脅してると知ってたんですか」

「確証はありませんが情報は得ていました」

「すると思想をめぐる殺人だったんですか。それが動機だったんでしょうか」

「丹賀笠都さんは巨額の印税を得ていたものの、すべて娯楽やギャンブルで浪費していて、貯金はゼロに等しかった。父の源太郎さんも家賃の未払いぶんが負債になっていました。丹賀父子に対する金銭目的の犯行でないことは、早い段階からはっきりしていたんです」

佐々木がいった。「杉浦先生のおかげで、思いのほか早く脅迫文を提出させられました」

警察が丹賀笠都に資産がないことを確認した。あんなに売れている作家だったのに、文無しというカミングアウトは、冗談でなく事実だったと裏付けられた。彼は生前いった。金なんか持ってたって、人から命を狙われるだけだろ、と。皮肉にも、財産が皆無でも悲劇からは逃れられなかった。

山崎がつづけた。「赤色団は社会悪に制裁を加えると主張し、私刑と称しながら殺人を実行するのが常です。事前に赤い封筒と黒の便箋で殺害予告を送りつけます。ただし蛭井らがだした手紙と証明できないため、これまでの犯行では逮捕に至っていません」

李奈はまた震えあがった。ほとんど反社っぽい出版社に対し、著者の殺害を予告してきたのは、正真正銘本物の反社チームだった。常軌を逸したレベルの抗争に関わってしまった。これが小説だとしたら、ほかにふさわしい主人公が山ほどいる。ただちに道を譲ってマンションへ逃げ帰りたい。

14

李奈はへとへとに疲れきり、重い足をひきずり帰路についた。特に激しく動きまわったわけではないが、極度の緊張と恐怖にみまわれ、精神的に消耗しきった。

有楽町《ゆうらくちょう》線を市ケ谷《いちがや》駅で降り、JRに乗り換えようと歩いたものの、改札口は異常なほどの混みぐあいだった。午後九時はまだ帰宅ラッシュの延長上にある。

これから満員電車に揺られるのが憂鬱《ゆううつ》……。ひとりため息をつきながらスマホをとりだした。電源をオフにしてあったのを思いだす。あらためて電源をいれ、ネットニュースとSNSをチェックしようとした。

おびただしい量の着信履歴が表示された。週刊誌記者から多くかかってきているが、そのなかに見慣れない番号があった。03で始まる固定電話だった。番号自体をグーグルで検索すると、サファイアプロダクションだとわかった。小山帆夏と樫宮美玲の芸能事務所だ。

電話をかけてみる。耳に覚えのある男性の声が応答した。「サファイアプロダクション、枡岡ですが」

「杉浦李奈です」

「ああ、杉浦先生」枡岡は心底ほっとしたような声で告げてきた。「よかった。今夜はもう連絡がとれないかと心配でした」

「どうかなさったんですか」

「じつはまだ会社なんです。樫宮美玲もいます。つきましては杉浦先生に相談がありまして、大変恐縮ですがこちらにおいで願えないかと」

「いまからですか？」

「はい。帆夏の行方が杳《よう》として知れず、私も警察からの連絡まちで、事務所に釘付《くぎづ》けになっています。美玲も仕事を控えており、きょうずっと協議をしていたんですが、どうしても杉浦先生のご意見をうかがいたくて」

まずは警察に相談してみてはとか、今夜は疲れているのでまた明日《あした》とか、そんな返事はありえない。帆夏の安否が気になるからだ。李奈は答えた。「わかりました。いま市ケ谷駅なので、これからまっすぐ向かいます」

事務所は池尻大橋《いけじりおおはし》駅から近いときいた。李奈は新宿線の本八幡《もとやわた》行きで九段下《くだんした》駅まで行き、半蔵門線《はんぞうもんせん》に乗り換えた。そちらも混んでいたが、帆夏のためを思えばさして苦ではない。午後九時半、夜の閑静な住宅街のなかにひっそり建つ、瀟洒《しょうしゃ》なマンションに近づいた。

もう少しでエントランスに達するというとき、路上に四十代の強面《こわもて》が現れた。三人ほどスーツを引き連れ、足ばやに李奈の行く手に立ち塞《ふさ》がる。強面がいった。「こりゃまた偶然にしちゃビッグなゲストが登場だな。張りこんだ甲斐《かい》があった」

顔にも声にも馴染《なじ》みがある。李奈は立ちどまった。「寺島さん……」

『週刊新潮』記者の寺島義昭《よしあき》がにやりとした。「攫《さら》われたのはサファイアプロダクションの小山帆夏ってタレントだとか。宴《うたげ》の席には樫宮美玲も一緒にいたって？　きみも同席してたって噂だ。本当だったんだな」

電柱の陰から別のグループ数人が繰りだしてきた。今度の先頭は寺島よりいくらか若く、角張った顔が特徴的だった。男が歩み寄りながら話しかけた。「寺島さん、ちょっとまった。抜けがけはよくない」

講談社『週刊現代』の浅井頌栄《しょうえい》。同行するのも記者たちだろう。大きな事件を追う週刊誌記者は単独行動をしない、寺島が以前そういった。裏づけが必要な際には複数動員されるらしい。

別の方向から面長で口髭《くちひげ》、三十代前半の男性が近づいてくる。やはり三人ほど引き連れていた。『週刊文春』の岡野智久《ともひさ》が声を張った。「うちもまぜてもらえますか」

そのとき十数人のスーツが徒党を組んで押し寄せた。ふてぶてしさの感じられる四十代半ば、小学館『週刊ポスト』の山根宏昌《ひろまさ》がそのなかにいた。山根は淡々といった。「杉浦李奈先生がうちを差し置くわけがないでしょう」

李奈は怖《お》じ気《け》づき立ちすくんだ。路地はたちまち大勢の記者らで埋め尽くされた。いまや囲み会見さながらの状況と化している。

「ちょ……」李奈はたじろいだ。「なんですか？　こんなところで奇遇ですね。わたしは散歩してるだけですが」

ベテラン記者たちは一様に険しい表情になった。寺島が不審げにたずねた。「阿佐谷住まいなのに？」

「い、市ケ谷駅からぶらっとこっちへ来まして」

「市ケ谷になんの用だったんですか」

「護国寺駅からの帰りです」李奈は思いつくままにいった。「護国寺といえば講談社ですよ」

ところが講談社の浅井が渋い顔になった。「きょう文芸編集者との打ち合わせはなかったでしょう？」

思わず言葉を失う。そんなことまで把握されているとは。李奈はうわずった声で弁明した。「ご、護国寺といえば講談社といっただけですよ。立ち寄ったとはいってません。ジョイフルといえばチキンドリアってのと同じで」

寺島がきいた。「本田《ほんだ》じゃなくて？」

山根も真顔で同意した。「ホームセンターだろ」

李奈ははぐらかしつづけた。「三重県にはファミレスのジョイフルが三店舗あるんです。ジョイフル本田って茨城や千葉でしたっけ」

「杉浦さんよ」寺島が遮った。「この顔ぶれを見てなにか思わないか？　太宰治の遺書騒動のときと共通してるだろ。なぜ俺たちが駆りだされてるか想像がつくかい？」

「さあ……」

「また文芸絡みの重大事件発生、しかも杉浦李奈先生と連絡つかず。警視庁捜査一課は佐々木や山崎といった刑事を駒込署に出向させてる。こりゃもう今年一大ブレイクした若手女性作家さんが動いてると猿でもわかる」

「ブレイクって……」李奈は冷や汗をかいた。「誰のこと……」

浅井が詰め寄った。「とぼけんでください。いまや警察にも頼られる杉浦李奈女史。

なにが起きてるかご説明願えますか。小山帆夏の両親は八王子の家に引き籠《こ》もりっぱなしですが、犯人から連絡は?」

さすが週刊誌の精鋭たち、とんでもない嗅覚《きゅうかく》の持ち主ばかりだった。願わくはその勘のよさで、帆夏の行方を突きとめ、犯人を見抜いてほしい。ただしいま相談する気はなかった。警察から口止めされているばかりではない。報道がなされ犯人を追い詰めれば、帆夏の身が危険に晒《さら》される。

李奈は記者たちの群れをすり抜け、小走りに駆け抜けていった。「立ちどまってると蚊に食われそうだから動かなきゃ」

「あっ」寺島があわてて追いかけてきた。「まってくれ。答えをききたい」

腕をつかむなどのマナー違反はいっさい犯さない。そういう点でも記者たちはベテラン揃いだった。李奈はマンションのエントランスに逃げこんだ。記者らは私有地に踏みこめない。

オートロックのテンキーに指を走らせ、部屋番号を打ちこむ。枡岡の声が応じた。

「はい」

「杉浦李奈です」

自動ドアが開いた。さかんに呼びとめる記者らの声を背に、李奈はエレベーターホールへ駆けこんだ。サファイアプロダクションは五階にある。エレベーターに乗り上昇した。

五階に着くと、内通路のドアのひとつ、株式会社サファイアプロダクションの看板の前に立った。インターホンのボタンを押すや、ただちにドアが開いた。

靴を履いたまま立ち入れるオフィス専用の部屋だった。事務室と応接室に分かれている。応接室のソファには、カットワークレースのブラウス姿の樫宮美玲がいた。美玲は李奈を見ると立ちあがった。目を真っ赤に泣き腫《は》らしている。

事務室から枡岡がでてきた。ほかにも事務室に数人居残っているのが見えた。枡岡は妙な顔を李奈に向けてきた。「どうかしたんですか。息が荒いですが」

「すみません」李奈は詫《わ》びた。「張りこんでる記者さんたちに捕まっちゃって」

枡岡は血相を変え、窓辺に駆け寄ると、カーテンの隙間から路地を見下ろした。「なんてことだ。記者が数を増やしてる。スマホで電話をかけてるのもいる。たぶん仲間を呼ぶ気だ」

「ほんとごめんなさい……」

「じきにテレビ局も嗅《か》ぎつける！　帰れなくなったじゃないですか」

美玲は枡岡に怒りをしめした。「なんでそんな言い方をするんですか！　杉浦さんを招いたのは枡岡さんでしょう。せっかく来てくださったのに」

「ああ……。すまない。つい」枡岡は気まずそうに李奈に向き直った。「興奮して申しわけありません。もうマスコミにバレるのは時間の問題です。美玲のCM契約を片っ端から切られそうで、焦ってしまいまして」

その運命の時計を速めたのは、やはり李奈かもしれなかった。李奈は頭をさげた。

「とんだご迷惑を……」

美玲が歩み寄ってきた。「杉浦さん、謝らないでください。わたしは仕事のことなんか気にしてません。帆夏さんが心配なんです」

李奈はきいた。「その後はなにか情報とかは……？」

枡岡が首を横に振った。「警察から電話があるんじゃないかと、ずっと待機しつづけてるんですが、なにもいってきません」

隣の事務室から頻繁に電話の着信音がきこえてくる。ただしいちど鳴ってはすぐに途切れる。社員が詰めていながら応答する声はない。退社時間を過ぎ、留守電に切り替わって以降は、居留守を使っているのだろう。警察からの電話にのみ受話器をあげるつもりだ。今後マスコミからの問い合わせは増える一方にちがいない。

事務室のドアを眺めながら李奈はきいた。「社長さんもおられるんですか」

「いえ」枡岡は憂いのいろを濃くした。「社長は美玲のＣＭスポンサー各社をまわってます。陳謝と事情説明に追われてるんです。ご覧のとおり小さな会社ですから、部署が分かれてるわけでもなく……」

美玲が暗く沈んだ顔になった。李奈には美玲の心境が手にとるようにわかった。さっきから枡岡が気を揉《も》むのは、ビジネス上の案件ばかりでしかない。帆夏の安否を軽んじる会社の姿勢に、美玲は反発しているのだろう。しかし美玲のまなざしには、ほかにもなんらかの感情が宿っているように見える。

李奈は静かにうながした。「美玲さん、なにかおっしゃりたいことがおありですか」

「……はい」美玲がまたうつむいた。「じつは刑事さんから事情聴取を受けたとき、話さなかったことがあるんです」

「なんですか」

「丹賀笠都さんから仰せつかったことです。勝手口をノックする音がきこえたら、わたしが応対してくれと」

じわりと不可解な感触が走る。李奈は問いかけた。「いつそんなふうに頼まれたんですか」

「厨房《ちゅうぼう》で宴《うたげ》の準備を進めている最中、笠都さんが近づいてきて、そっと耳打ちしていきました」

「帆夏さんにではなく、美玲さんひとりに？」

「はい。でも近くで働いてた帆夏さんにもきこえてたようです。笠都さんが立ち去ったのち、帆夏さんはわたしに、勝手口の応対なら自分にまかせてといいました」

「なぜ帆夏さんはそんなことを……」

「たぶん、わたしがお座敷のほうで接客に忙しくなると思って……。ほかの雑多なことを引き受けてくれようとしたんです」

有名人の美玲のほうが客ウケがいいと予想したのか。胸の痛くなる気遣いだと李奈は思った。「笠都さんは勝手口の戸が叩《たた》かれるのを、前もって知ってたんでしょうか」

「いえ……。笠都さんはあくまで、料理やお酒の搬入など、業者の訪問への応対を求める感じでした。早い時間にお酒を追加注文して、届けてもらう可能性もあったんです。でも充分に足りていたので、特にそんな機会は訪れませんでした」

「笠都さんが美玲さんに応対を頼んだのは、特に夜十時の訪問者を意識してのことではない、そういう意味ですか」

「はい。少なくともわたしはそう感じました」

「笠都さんはどうして美玲さんに、業者への応対をさせたがったんでしょうね？」

「わかりません。理由をおっしゃらなかったので」

枡岡が口をはさんだ。「源太郎さんは行きつけの料亭で、さかんに自慢してたそうです。息子は芸能事務所の社長の知り合いで、いつでも樫宮美玲を呼べると。それを証明したかったんじゃないですか」

源太郎が酒に酔って、そんなことを吹聴《ふいちょう》するだろうか。たとえそうだったとしても、笠都から美玲に依頼するとは奇妙な話に思える。だいいち源太郎が自慢したという料亭は花洛にちがいない。渡来とフェルはいちどきり訪ねるのではなく、厨房で働くのだから、そのあいだ美玲の存在も頻繁に目にする。わざわざ証明の必要などない。

美玲が陰鬱《いんうつ》にささやいた。「わたしは悔やんでます……。勝手口を帆夏さんにまかせちゃったから……。夜十時すぎに戸を叩く音がしたとき、帆夏さんがでていったのは、わたしの責任なんです」

「そんなことは……」

否定しつつも胸騒ぎがしてくる。李奈は落ち着かない気分になった。やはり攫《さら》われるのは美玲のはずだった可能性が高い。経緯のみを追えば、笠都がそのように仕向けたと受けとることもできる。

『怪談一夜草紙』で、岡っ引きの謎解きが真実だったとするなら、浪人親子はお角さんを〝行きがけの駄賃〟に連れ去ったことになる。笠都が美玲を勝手口に出向かせようとした行為も、その謎解きとは矛盾しない。丹賀父子が美玲を誘拐するため、〝仲間か手下〟を外に配置し、戸を叩かせたのなら……。

陳腐だ。李奈は頭《かぶり》を振った。まずありえない。源太郎と笠都の共謀を考えること自体に無理がある。ふたりで美玲を攫ってなんになる。笠都がいなくなり、のちに源太郎が行方をくらましたところで、現代人は祟《たた》りを恐れたり、詮索《せんさく》を中断したりはしない。犯行を『怪談一夜草紙』になぞらえる理由もわからない。

枡岡がため息をついた。「週刊誌はきっと嫌な書き方をするでしょう。差別表現で問題視された丹賀笠都。その宴で樫宮美玲が働いていたと……。よからぬ臆測《おくそく》が飛び交うにちがいありません」

李奈は枡岡を見つめた。「よからぬ臆測とは?」

「それは……。そのう、こんな話をして、女性であるあなたに申しわけないんですが、まあ枕営業とか……」

美玲が泣きそうになった。不憫《ふびん》に思えてならない。李奈は唸《うな》った。「枡岡さん。悪い噂につながるかもしれないって、事前に予想できなかったんですか。十八歳女子タレント二名に給仕をさせるなんて」

「私たちとしては業界人の小規模な宴だと認識していました。作家先生方との交流を深めることにもなると、笠都さんがうちの社長を説得したんです。なぜそんなことをさせるのかと、たしかに私も疑問を感じましたよ。でも杉浦李奈先生もおいでになるし、変な状況はありえないだろうと」

「笠都さんはこの芸能事務所の設立時、社長さんに資金を援助したんですよね。ずっとその借りがつづいたんですか。宴の世話係にタレントさんを貸しださねばならないほどに？」

「社長から抗議はしてました」枡岡が声をひそめていった。「お金はかえすからと、実質的な縁切りを持ちかけたこともあったんです。笠都さんは小説家として有名になったとはいえ、差別表現で世間から白眼視されてましたからね。正直なところ関係が表面化する前に断ちたかった。でも……」

「なんですか」

「笠都さんはうちの筆頭株主なので」

「あー……。株を保有してるんですか」

「しかし配当がでるほど会社はまだ儲《もう》かっていません。美玲は売れていますが、借金のほうが多いんです」

「金銭面で負い目もあって、逆らえないんですね」

「問題はほかにもあるんです」枡岡が咳《せき》ばらいした。「どうやら笠都さんは、美玲とのあいだに縁談があるかのように、源太郎さんに吹きこんでいたらしくて」

李奈は面食らった。「笠都さんと美玲さんが結婚するかのごとく、父親に偽ってたというんですか」

美玲が困惑の面持ちでささやいた。「あの日、源太郎さんが宴の席を外して、廊下でわたしに会うたび、妙なことをおっしゃるんです。今後は笠都をよろしく頼むとか……。気味悪くなって枡岡さんにきいたら……」

枡岡が後をひきとった。「私は笠都さんに問いただしました。すると笠都さんは『いいじゃねえか、ほんの冗談だよ。親父を安心させたいから芝居につきあってくれよ』とおっしゃるんです。私は意味不明だと思いました。なんでうちの美玲が結婚することにならなきゃいけないのかと」

李奈はうなずいた。「まったく不条理ですね」

「ええ。私は廊下で笠都さんを捕まえ、ひそかに文句をいいました。でも笠都さんによれば、源太郎さんは難病で、もう余命幾ばくもないというんです」

「……そうなんですか？」

枡岡は腹立たしげに否定した。「いいえ。後日、私を取り調べた駒込署の刑事を通じ、事実関係を調べてもらいました。うちの顧問弁護士も把握してますが、源太郎さんは通院歴すらなくピンピンしています」

「変ですね」李奈は源太郎との対話を思い起こした。「源太郎さんは美玲さんと帆夏さんについて、笠都さんが宴のため手配したにすぎず、人脈を見せつけたがっているだけと揶揄《やゆ》してました。縁談話を信じているようすなんて微塵《みじん》も……」

「それは」枡岡が語気を強めた。「有名な樫宮美玲との結婚話ゆえに、正式発表までは列席者にも伏せておこうと、笠都さんが源太郎さんに提言したからです。しかし源太郎さんは、有名人がわざわざ給仕をしてくれるのは、息子の未来の嫁だからだと信じてたんですよ」

美玲が真剣にうったえてきた。「本当です。源太郎さんの目の前にかぎり、笠都さんはわたしと親密なところを見せようとしてました」

李奈は美玲にきいた。「宴の世話係の仕事を依頼してきたのは、笠都さんが父親を欺くためだったというんですか」

「そうです。わたしは途中でそのことに気づき、枡岡さんに当たり散らしました」

枡岡が深刻な表情でうなずいた。「とはいえ宴の席では、丹賀さん親子は縁談を話題にせず沈黙を守ったので、私ひとりがすねているように見えたと思います。後日、社長から厳重に抗議してもらうつもりでした。でもあんなことになったので……」

そんな異常な背景があったのだろうか。李奈は静かにたずねた。「源太郎さんはまだ信じてるんでしょうか。笠都さんと美玲さんの縁談という嘘を」

「わかりません」枡岡がため息まじりに答えた。「向こうも遠慮して発言を慎んでるので……。心の奥底にしまっているのかもしれません。亡き息子は樫宮美玲と結婚するはずだったんだと」

李奈のなかで猜疑心《さいぎしん》が募った。なんだかぎくしゃくしている。嘘をついているのは誰だろう。笠都が源太郎をだましたというが、なぜそんな必要があったのか。源太郎が病に冒され余命わずか、だから父のために嘘をついたと笠都は主張したらしい。ところがそれも嘘だったという。李奈はウィークリーマンションで源太郎に会ったが、彼は息子の縁談についてなど、ひとことも口にしなかった。病にかかっていると打ち明けることもなかったし、具合の悪そうな振る舞いもしていない。とはいえ美玲が偽りの涙を流しているようにも見えない。枡岡はビジネス面の先行きばかりを憂えているが、その心配だけは本物にちがいないと思える。

枡岡が困り果てた顔を向けてきた。「杉浦先生。もし小山帆夏に万が一のことがあった場合、それも弊社にとっては大打撃です。なんとかなりませんか」

「もう！」美玲が憤怒《ふんぬ》をあらわにした。「なんでそんな言い方になるんですか？ 口を開けば会社のことばっかり！ 帆夏さんのことは心配してないの？ わたしもう嫌。辞めたい。引退したい！」

「落ち着け、美玲」枡岡はしどろもどろになった。「そりゃ帆夏の身は案じてるよ。でもうちとしては、きみも守っていかなきゃいけない。きみはうちの財産だ。大事にしないと……」

「杉浦李奈先生にちゃんとご挨拶《あいさつ》すれば『十六夜月』の皐役を得られる？ そのために我慢して宴の世話係をやれって？ もううんざり！ もともとそんな話なかったんでしょ？ 杉浦先生、前もってきいてましたか？」

「ええと」李奈は口ごもった。「映画化のキャスティングのことですか……？ 事前には特に……」

「ほら！ 社長も枡岡さんも、根まわししたみたいなことといって、じつは丹賀笠都さんに頭があがらなかっただけ。トーシロくさすぎる！」

激昂《げきこう》する美玲を、枡岡がなだめようと必死になっている。ふいに窓辺に妙な光が走った。李奈は窓に歩み寄り、眼下に目を向けた。

愕然《がくぜん》とし身を退かせる。一瞬だが路地を埋め尽くす群衆をまのあたりにした。たったひと目でも報道関係者ばかりだとわかった。テレビカメラの放列も仰角にこちらをとらえていた。

美玲が泣きついてきた。「杉浦先生、なんとかしてください！　この会社の大人たちは信用できません。これからどうしたらいいんですか⁉」

「……そうですね」李奈は半ば途方に暮れていた。「ひとまずどうやってここをでるか、それを考えなきゃいけないかと」

15

ビルの裏にシャッター付きガレージがあったのは幸いだった。大型ワンボックスカーのキャビンに、李奈たちは床に伏せるように乗りこんだ。美玲だけでなく、枡岡も記者らに顔が割れているらしい。三人が三列シートの床にそれぞれ隠れた。みな濃いいろの毛布をかぶり、全身を覆った。

運転席にはサファイアプロダクションのなかで、最も芸能関係者っぽくない、二十代の派遣社員がおさまった。シャッターが開き、クルマが外にでたとき、運転する派遣社員がささやいた。ああ、こっちにもカメラマンが数人いますね、と。

サイドウィンドウの外に硬い物が当たる音がした。外からカメラをガラスに密着させたとわかる。ウィンドウには反射フィルムが貼ってあるが、赤外線カメラのレンズを押し当てれば、内部が明瞭《めいりょう》に映る。報道陣は容疑者が連行されるクルマに追いつくや、この方法で横顔をカメラにおさめようとする。

李奈は小説で似たような場面を書くにあたり、それらを取材済みだった。よっていまは床に伏せた。運転手以外には誰もいないと判断され、クルマはその場をあとにした。徐行のままだいぶ遠ざかった。もういいですよと派遣社員がいった。三人は身体を起こし、無事シートにおさまった。速度があがる前にシートベルトを締める。

美玲は三軒茶屋《さんげんぢゃや》でクルマを降りた。枡岡も送っていくといって一緒に降車した。記者に追跡されていると困るため、ふたりは李奈と別れ際の挨拶もろくに交わさず、そそくさと立ち去った。美玲はただひとこと、どうか帆夏さんを助けてください、そんなささやきを残していった。

李奈も阿佐谷のマンションへ送ってもらう途中、前に住んでいた低層マンションの周りに、マスコミが群がっているのが見えた。引っ越し以前の住所は世間に知られている。危なかったと胸を撫《な》で下ろしつつも、こんな夜中に住人に迷惑をかける報道陣が腹立たしい。

眠れない一夜を明かした。朝の陽射しに鳥のさえずり。もちろん小説執筆どころではない。帆夏の行方について、警察が捜査してくれているとはいえ、なにもできない自分がもどかしい。

テレビもインターネットも、丹賀笠都刺殺のニュースで埋め尽くされていた。ただし論調は因果応報の一辺倒に思えた。差別そのものを小説にしたような本で、あらゆる人々を傷つけた結果、著者が報いを受けた。ましてベストセラーになり大儲《おおもう》けしたのだから、その罪深さたるや途方もない。〝殺人はけっして許されることではないが〟との前説を置きながら、義憤に駆られた誰かが一線を越えたのもうなずけるとか、犯人が何者であれ同情の余地があるとか、結局は殺人を肯定する主張であふれかえっていた。

売れている作家だった以上、小説を楽しんだ読者も多くいるはずだが、著者の死を神格化するようなコメントはいっさい見あたらなかった。ブックレビュー欄の投稿も、愛読者のほうがむしろ著者をけなし、小馬鹿にし、やっぱり死んじゃったねと揶揄《やゆ》しているのが印象的だった。笠都の生前は熱烈な支持層に思えた読者も、ただ一時のキワモノに魅了されたにすぎないと、冷静な自己分析に終始している。

　自分に誠実であれとシェークスピアはいった。そうすれば誰にも嘘をつかずに済むと。それが作家の心得だと解釈するなら、丹賀笠都はその理想像にちがいない。とことん正直に自分をさらけだし、思いのままを綴《つづ》ったのだから。ただし書いたことは世の害悪でしかなかった。彼は社会から憎悪され、読者さえも真に崇拝してくれず、死は孤独だった。

　心を偽らず、みごとに表現できた小説であっても、モラルに反していれば認められないものなのか。答ははっきりしている。ポリコレの世には当然のことだ。活字が人を傷つけるのも表現の自由とするのなら、凶悪犯が身勝手な犯行理由を反省もなく綴った場合でも、いちおう文学として成立してしまう。逆に世間に媚《こ》びまくった、偽りだらけで構築された小説はどうだろう。物語や描写が読者にとって甘美であれば、内容は著者の本心と誤解され、名作と評価されるのではないか。

　思いがそこに及び、李奈は嫌悪感にとらわれた。そこまで深読みする話ではない。丹賀笠都の小説はただ不快だった。殺人犯の動機がなんであれ、あの過激な小説と無縁ではないように思える。世間を騒がせるだけ騒がせておいて、彼自身も最後の夜に不審な言動を繰りかえしたうえ、ついには帆夏を巻きこんでしまった。小説家が自作のせいで殉ずるのはともかく、他人に迷惑をかけるとは許しがたい。憤りと苛立《いらだ》たしさばかりが募ってくる。

朝いちばんに連絡が入ったのは、弁護士兼作家の佐間野秀司からだった。会って話がしたいというメールだけでも、飛んで行かざるをえない、それがいまの心境だった。甚だ非効率なことではあるが、詳細を電話やメールでたしかめるより、会うのを優先したいと思えた。徒労に終わる可能性はそもそも考えたくない。会って話せばめざましい進展がまっている、とにかくそう信じたかった。

ゆりかもめの汐留《しおどめ》駅で改札をでて、宮崎駿《みやざきはやお》の大時計が見える辺りで待ち合わせをしましょう、メールにはそのようにあった。李奈はぼうっとした頭のまま、とりあえずシャワーを浴び着替えると、さっさと阿佐ヶ谷《あさがや》駅へ向かいだした。とりあえず汐留駅へ行けばいい。宮崎駿の大時計というのがなんなのか知らないが、行ってからスマホで検索すればどうにかなるだろう。

モノレールのゆりかもめ汐留駅を降りると、辺りは瀟洒《しょうしゃ》な高層インテリジェントビルが囲む一帯で、さながら未来都市のようだった。都心というのにこの界隈《かいわい》は人がまばらで、通路も幅広く、環境のすべてが余裕にあふれている。

タイル張りのペデストリアンデッキを歩いていくと、行く手に超高層ビルの外壁があった。横長の大時計がへばりついているが、全面ガラス張りのモダンなビルにはまるで調和していない。中世ヨーロッパ風で『ハウルの動く城』っぽい。

思考が鈍いせいか、ようやく李奈は事実に気づきだした。ああ、これが宮崎駿の大時計か。というより看板によれば日テレ大時計というらしい。手すりの前に観光客の人だかりがある。ちょうどの時刻に鐘が鳴り、なにか仕掛けが動きだすようだ。しかし本当にそれだけだろうか。大時計を眺めるのみにしては見物人が多すぎる。

李奈ははっと息を呑《の》んだ。手すりの向こうにいるのは、そらジローではないか。お天気キャスターがカメラに向きあっている。けさも大勢の人が集まっていますとキャスターがいうと、見物人らにカメラが向き直った。

鳥肌が立つ思いとともに後ずさる。なんと目の前のビルはテレビ局。マスコミを避けてまわっているというのに、みずから巣窟《そうくつ》に飛びこんでしまうとは。

挙動不審だったせいか、見物人の数人やガードマンが、妙なまなざしを向けてきた。李奈は両手で顔を隠しながら逃走しだした。これでは自意識過剰な変人だ。けれどもぼんやりと突っ立って、生中継に姿をさらすわけにはいかなかった。

いきなり誰かとぶつかった。はずみで尻餅《しりもち》をつきそうになったが、目の前の人が手を差し伸べ、李奈の手首をつかんだ。

かろうじて転倒せずに済み、李奈はあわててお礼とお詫《わ》びを口にした。「あ、ありがとうございます。すみません。前をよく見てなくて」

見覚えのある中年男の顔が目を丸くした。「杉浦さんじゃないか」

「ああっ」李奈は驚きの声をあげた。「佐間野さん……」

「いや、まさかと思ったが、なぜ両手で顔を覆って走った？　新手の競技じゃあるまい？」

「まずいですよ」李奈はちらと後ろを振りかえった。「こんな場所で待ち合わせなんて……。昨晩も某所でマスコミに囲まれそうになったんです」

「そうなのか？　あなたの立場ならそれも当然かもしれないな。私もあれからいろんな媒体にコメントを求められてね。何度も同じ話ばかりでうんざりしてるよ」

天気予報中継の現場にはなんの異変も生じていない。李奈を注視する目もなかった。そういえば昨夜のことがあっても、テレビはまだ杉浦李奈の名を報じていない。顔を合わせたのは週刊誌記者らにかぎられるからだ。おかげでいまの醜態は、李奈の独り相撲でしかないようだった。

またほっと胸を撫で下ろす。息を切らしつつ李奈はうったえた。「日テレ大時計とおっしゃってくだされればよかったのに」

「そうか？　この辺りじゃ宮崎駿の大時計で通ってるんでね。私のオフィスはすぐそこのビル内だ。ふつうなら人をそこに招くが、あなたとは外で立ち話のほうがいいと思って」

「なぜですか？」

「オフィスの前室には秘書もいるが、若い女性とふたりで部屋に籠《こ》もるのはよくない。ちょっとした誤解で訴訟を起こされたら、たまったものではないのでね。法の専門家としては、転ばぬ先の杖《つえ》を何本でも突いておきたい」

李奈は困惑ぎみに苦笑した。「誤解だなんて……」

「ありうるんだよ。私の友人の弁護士は、依頼人の女性を迎えたとたん、悲鳴をあげられてね。なにもしていないが隣人に警察を呼ばれてしまった。あとでわかったことだが、女性は自己愛性パーソナリティ障害と演技性パーソナリティ障害で通院中だった。しかし悲鳴には理由がつかないとされ、友人はずいぶん長く取り調べを受けた」

「それは災難でしたね……」

「杉浦さんがそんな説明不可能な行動をとるとは、もちろん思わないが、私は常時トラブル回避に努めてる。外出時にはなるべくゴープロカメラをこめかみに付け、視界を録画しながら歩くんだよ。むろんいまは盗撮の疑いをかけられたくないから外してきたが」

「自分の顔が映ってないと、確たるアリバイにはなりにくいでしょう」

「さすが鋭いね。だから私は外でずっと、両手を顔の前に持ってきて、こう歩くんだ。映像を拡大すれば指紋や掌紋が見てとれるだろうから」

その歩き方はまさしくゾンビ……。李奈は自分の笑顔がひきつるのを感じた。「あの宴《うたげ》の席にも持ちこんでいればよかったですね」

「まったくだよ。プライベートな集まりという前提だったから、参加者に配慮してゴープロカメラを携帯しなかった。あれは大きなまちがいだった。異様な事件の一部始終を映像に記録できたのに」

「それでけさはどんなご用ですか」

「歩きながら話そう」佐間野はペデストリアンデッキを汐留駅のほうへ向かいだした。李奈にしてみれば、来た道を戻ることになるが、話をきけるならそれでいい。歩を進めながら佐間野がいった。「元刑事を謳《うた》ってた鴨原さんだが、私を訴えるといってきた」

「鴨原さんが?」李奈は佐間野に歩調を合わせた。「どんな理由で……?」

「彼の小説をだしてる版元に対し、私は連絡しておいた。鴨原氏は刑事ではなかったと。それで版元といざこざになったらしくてね。怒り心頭の彼は、私を名誉毀損《きそん》で訴えると」

「……わざわざ出版社の担当編集に告げ口をしたんですか」

「告げ口というと私が悪いみたいじゃないか。私も迷ったんだが、のちに彼の詐称が発覚した場合、弁護士でありながらなぜ黙認したのかと批判されかねない。同じ理由から、元検察官と偽った樋桁さんについても、版元に同じように知らせておいた」

「樋桁さんはどんな反応だったんですか」

「彼からはなにもいってこない。身からでた錆《さび》だと痛感してるんじゃないのかね」

「でも恨みは買いそうですね……」

「あのふたりには同情の余地がない。というより私は鴨原氏と樋桁氏を怪しいと考えてる。あなたに相談したかったのはそこでね」

なんとなく無駄足だった予感がしてくる。李奈はたずねた。「どんなところが怪しいとおっしゃるんですか?」

「ふたりの詐称はきわめて稚拙だった。私にも容易に見抜けたほどだ。だから笠都さんはあのふたりの素性に気づいていたんじゃないかと思う」

「……ほんとは元刑事や元検事じゃなかったってことにですか？」

「そう。そのうえで私やあなたと一緒に呼んだ。笠都さんは本物の弁護士たる私や、数々の事件を解決してきた杉浦李奈さんを同席させ、あの場で経歴詐称を暴こうとしたんだ」

「すみません。なぜ笠都さんはそんなことをしようと……？」

「これは推測だが、笠都さんはあのふたりから、金銭を脅しとろうとしていたと考えられる」

「脅迫ですか？　どうして？」

「笠都さんは散財し無一文だった。今後の印税収入にはまだ期待が持てそうだが、巨額の浪費をつづけていれば先行きは不安だろう。だから鴨原さんと樋桁さんに目をつけた。黙っている代わりに口止め料を要求した」

「支払いを渋られたから、代わりに暴いてやろうと思ったんですか。でもそれなら、鴨原さんと樋桁さんは宴に出席するでしょうか」

「ちがう。ふたりを宴に招いてから脅したんだ。あの場でこっそり答をきこうとしたんだろう。しかしふたりとも払えないといった。だから暴いてやると笠都さんは息巻いたが、ふたりの反撃に遭った。彼らは共謀して笠都さんを手にかけたんだ」

「あの……。なぜそうなるんですか」

「〝仲間か手下〟に勝手口の戸を叩《たた》かせ、笠都さんが現れたら、連れ去ったうえ殺すつもりだった。しかし帆夏さんがでてきてしまったため、やむなく一緒に誘拐した」

「帆夏さんの安否は？」

「わからん。予断を許さないとは思う。要点は笠都さんによる脅迫と、反発したふたりによる逆襲。そこに尽きる」

「『怪談一夜草紙』になぞらえた犯行だった理由はなんですか」

「あの短編の結末に似ているが、怪談小説と同じ状況だと強調することで、本来の犯行目的を隠蔽《いんぺい》するためだと思う。どうかね。私とあなたで、その線で調べてみないか」

「調べる？」

「作家でありながら実際に事件を追う。そんなあなたのやり方に、私も一枚加わりたい。首尾よく解決に至ったら、公表手段はまず私の記者会見でもいいし、後日あなたとの共著で詳細を明かすのもいいと思う」

弁護士の肩書きが本物かどうか不安になるような申し出だ。つまるところ佐間野は名を売りたがっている。李奈のように事件解決人として持てはやされ、弁護士兼作家としてのランクアップを狙いたいのだろう。

いままでの李奈自身の経歴など、譲れるものなら譲ってもかまわない、そんな心境にとらわれる。李奈はあくまで文芸の作家として評価されたいと願ってきたからだ。しかし妙なことに触発される人もいるものだった。

悪いことに李奈は佐間野の推理に賛同できなかった。李奈は戸惑いながら応じた。「あのおふたりを容疑者とみなすには、どうも根拠が乏しいんじゃないかと」

「鴨原さんの本名で調べたが、彼は二十代のころ傷害罪で逮捕歴がある。樋桁さんは三十三歳のころ、交通事故を装い保険金千五百万円をだましとり、詐欺容疑で書類送検されてる。私も仕事柄、その辺りは容易に知ることができてね」

大胆な詐称をおこなったふたりだ。過去に事件を起こしていたときいても、李奈はさほど驚きはしなかった。ただそれを現在と結びつける見方はどうなのか。遠慮がちに李奈はささやいた。「昔がどうあれ、いまのおふたりが犯罪者だという証拠は……」

「現時点では疑わしいというだけで充分だ。証拠はこれから固める。いろいろ調べていこう。弁護士としては職務外だが、作家としてならきみに倣い、取材というかたちで事件を追及すればいい」

目の前に汐留駅の出入口が見えてきた。さっき改札をでたばかりだが、また引きかえすことになる。足ばやに駅へ向かいながら李奈はいった。「お声がけいただきありがとうございました。大変恐縮ながら、見解の相違ということで、今回は見送らせてください」

佐間野は駅構内に足を踏みいれず、不満顔で立ちどまった。距離が広がった李奈に対し、佐間野が声を張った。「鴨原さんは大学生のころ、反社とのつきあいも噂されてたんだぞ！」

李奈は急ぎ足で改札のなかへ逃げこんだ。ホームまで一気に階段を駆け上る。後ろを振りかえり、佐間野の姿が見えなくなったと知り、ようやくひと息ついた。

最近になって妙な依頼が増えた。ふしぎなことに、事件とは無関係の『十六夜月』が売れてから、かつての事件解決人としての評判を蒸しかえされるようになった。まるで小説家としての成功は、現実の事件に関わり名前を売ったおかげでしかない、そういわんばかりだ。

純文学で話題になっても、まだイレギュラーな経歴の作家といういろが拭《ぬぐ》えないのだろうか。そういえば『十六夜月』はどの文学賞でも候補にならなかった。異端や邪道とみなされているのなら不本意だ。

頭を抱えたくなったとき、ふいにスマホが振動した。画面表示は警視庁捜査一課の佐々木だった。

すがりつきたくなる思いで李奈は応答した。「はい」

「杉浦先生。ご足労様なのですが、千駄木三丁目の武家屋敷までお越し願えませんか」

今度は先に用件を尋ねるべきだと李奈は思った。「捜査に進展があったんでしょうか」

「おおいに」佐々木の声がいった。「夜十時、勝手口の戸を叩いた音の真相がわかりました」

16

屋敷の厨房《ちゅうぼう》は宴《うたげ》の日と様変わりしていた。いたるところが透明のビニールシートに覆われ、その上から番号札と写真を貼りつけられている。土間にも簀《す》の子が敷かれ、そこだけを通行するよう指示を受けた。両手には手袋を嵌《は》め、靴も専用の物に履き替えたうえ、簀の子のない場所は踏んではならないと厳命された。ただし毛髪の回収については、充分に調べ尽くしたがゆえ、ビニールキャップを被《かぶ》る必要はないらしい。

いま厨房に鑑識課員はおらず、駒込署の捜査員の出入りもない。佐々木と山崎だけが簀の子の上に立っていた。神妙な面持ちで佐々木が告げてきた。「こんな長期にわたり、現場以外の関係箇所を封鎖するのは、きわめて異例です。不可解なことが多かったので……」

山崎が天井を指さした。「しかしその甲斐《かい》はありました。あれをご覧ください」

格子状になっている天井板、隅の一枚だけがずらされ、ぽっかり穴があいている。天井裏の梁《はり》がのぞいているが、穴の大きさは人が入りこめるほどではなかった。せいぜい猫の出入りが可能なていどだろう。

昨今の住宅ほど天井が高くはないものの、人が手を伸ばし届くほどではない。開いた天井板の真下には椅子が置いてあった。それを踏み台にしたのはまずまちがいなさそうだ。

李奈は当夜の状況を想起した。天井の隅はなんとなく見たおぼえがある。だがそれは最初にこの厨房を訪ねたときでしかない。帆夏や板前服二名が立ち働いていた。あの天井板は開いていなかったように記憶している。

夜十時をまわり、帆夏と笠都が消えたのち、ふたたびここへ来た。勝手口の戸が開いているのを見た。そのときは天井に目を向けただろうか。たぶん外の暗がりにばかり気をとられ、天井など仰ぎ見る余裕はなかった。

山崎はトレーを水平に保持していた。「すぐわきの壁の内側に、これが落ちていました」

トレーの上に置いてあるのは、電動シェーバーのような形状の機器だった。小型液晶画面のほか、マイクとスピーカーが備わっている。市販のICレコーダだとわかる。

佐々木が鼻を鳴らした。「苦労しましたよ。金属探知機で異物の存在があきらかになりましてね。外壁と内壁のあいだ、床と同じ高さに、これが落ちこんでいたんです。人が入るのは無理ですから、ロボットアームやマジックハンドを駆使しました」

李奈はそちらの壁を眺めた。「椅子は回収作業時の足場ですか?」

「とんでもない。椅子は動かしていません」

「ではあの椅子は……」

山崎が勝手口のわきを指さした。「もともとそっちにあったようです。四本脚の跡があります」

勝手口の戸のすぐわきに、椅子がひとつ置けるだけの空間がある。李奈は簀の子の上を歩き、そこに近づいてみた。たしかに四本脚の跡がついている。

戸口のわきに座るために椅子を置いたのだろうか。しかし座っている人の脚が、戸口を出入りする人の邪魔になる。李奈は疑問を口にした。「なんのために置いた椅子でしょうか」

「料亭花洛の人や、樫宮美玲さん、源太郎さんや塾生さんにきいたんですが、みな同じ答えでした。搬入出に際し、引き戸を開け閉めするとき、物を一時的に置くのに都合がいいと……。ずっと昔から習慣化されていて、誰が最初に椅子をそこに置いたかは、源太郎さんも記憶にないそうです」

「それを誰かが隅へ移したのは、踏み台にして天井板を持ち上げ、このＩＣレコーダーを壁のなかに投げこむためだったと」

「たぶんそうだと思います」

椅子のことも李奈の記憶にはなかった。最初に厨房に来たときには、勝手口まわりなど注視せずにいた。夜十時すぎにふたたび訪ねた際には、厨房の隅など気にかけたはずもない。

ＩＣレコーダーはまだ真新しかった。家電量販店では五千円前後で買えるしろものだろう。李奈はそれを見つめた。「なにか録音してあるんですか」

「ええ」山崎がICレコーダーのボタンを押した。「音声ファイルが一件記録されてます。しかも八時間以上に及ぶ長尺です」

「八時間……」

ICレコーダーの液晶画面が点灯し、再生の秒数が進むものの、スピーカーからはなにもきこえない。山崎がふたたびボタンを操作する。「とはいえ終盤近くまでは無音なんです。音が録音されているところまで飛ばします」

いきなり騒音が耳をつんざいた。李奈は肝を冷やした。はっきりと耳に覚えがある。勝手口の戸を叩《たた》く矢継ぎ早の音。断続的な間を置き、あわただしく繰りかえされる。音はとんでもなくリアルにきこえた。最近の小型内蔵スピーカーは性能が高い。もともと物体を叩くノイズでしかないため、違和感もほとんど生じない。

李奈は唖然《あぜん》とした。「録音だったんですか……?」

一分近くも戸を叩く音が反復したのち、また静かになった。佐々木が説明した。「ここから五分以上の間を置き、ふたたび同じような音が録音されています」

ICレコーダーが落ちこんでいた辺りの壁を李奈は眺めた。「壁のなかからきこえてたんですね」

「古い家なので防音材や断熱材などはありません。これは推測ですが、笠都さんがひとりで厨房に来たところ、壁の内部で音が鳴っているのに気づいたんでしょう。たしかめようとして椅子を引きずっていき、最も近い天井板を外したのですが、上って入りこむのは無理とあきらめたようです」

「それ以前に帆夏さんが来ているはずですが」

「そこは謎です。赤色団の数人がすでに帆夏さんを攫《さら》ったあとだったかもしれません。笠都さんも厨房に来たとき、誰もいない室内を不審に思いつつも、椅子に上って天井板を開けた直後、赤色団が踏みこんできて捕らえられたのかも」

「まってください。赤色団って、時津風出版に脅迫文を送りつけてただけですよね？　誘拐犯だとはかぎらないんじゃ……」

佐々木が首を横に振った。「鑑識の結果あきらかになりました。凶器と断定されたナイフの柄に、赤色団リーダー蛭井章仁の指紋と汗が残ってました。刺し傷にみられる握力や腕力、刃の進入角度と速度も、蛭井が過去に起こした事件と一致します」

李奈は衝撃を受けた。「か、確定したんですか？」

「百パーセントの裏付けといえます。間もなく蛭井以下七名、判明しているメンバー全員の逮捕状がでます」

「帆夏さんと笠都さんのふたりとも、赤色団に拉致《らち》されたというのは……。疑いの余地がないんでしょうか」

「事件の前後に団子坂で、赤色団のワンボックスカーの走行が、街頭防犯カメラにより確認されています。同じクルマが当日の午後二時前後にも、同じく団子坂を走行してるんです」

山崎が補足した。「源太郎さんの話では、午後から料亭花洛の搬入があるため、勝手口は開けてあったそうです。駐車場は屋敷の反対側ですが、源太郎さんは来客を出迎えるため、おもにそちらにいました。たぶん赤色団の一員がこっそり勝手口を入り、壁のなかにICレコーダーを投げこんでおいたんだろうと」

李奈は唸《うな》った。「夜十時すぎにも、赤色団がワンボックスカーを屋敷の前に乗りつけ、複数で侵入したんでしょうか」

「勝手口の外の石畳や、土間については足跡の検出も困難でしたが、椅子の座面には笠都さんの靴跡《くつあと》が残っていました。彼が椅子の上に立ち、天井を開けようとしたのは明白です」

「赤色団メンバーがじかに戸を叩かず、偽の音を生じさせたのは……」

「ワンボックスカーが乗りつけられたのは、二度目の戸を叩く音が始まって以降、しばらくしたのちと考えられます。一度目の音の時刻には、まだ団子坂を走行していたからです。それから脇道へ入り、この屋敷の前に停車した……。ちょうど笠都さんが壁の内部の音に気をとられ、椅子に上っている隙にです」

佐々木がうなずいた。「彼は壁のほうを向いていたと考えられます。それで侵入者に気づかなかったんでしょう」

李奈は疑問を呈した。「帆夏さんはどうなったんですか」

「さっきも申しあげましたが、その辺りの状況は今後も精査せねばなりません。状況はほぼあきらかになったのですから、これから詳細を詰めていけばいいでしょう」

「そんな悠長な」李奈のなかで焦燥が募りだした。「帆夏さんをほっといていいんですか」

ふたりの刑事は硬い顔を見合わせた。佐々木が李奈に向き直り、慎重な物言いで告げてきた。「小山帆夏さんの事情については、まだわからないことも多く……」

李奈は思わず首を横に振った。「彼女が犯人グループを手引きしたとでも？　ありえません。帆夏さんはそんな人じゃなかった」

「落ち着いてください。我々としては、丹賀笠都氏殺害の実行犯として、まず赤色団メンバーを指名手配、次いで小山帆夏さんの行方も炙《あぶ》りだすつもりで……」

「犯人グループを追い詰めたら、帆夏さんの身が危険でしょう！　まだ不自然なことが多すぎます。赤色団がいちど先に忍びこんでICレコーダーを仕掛けた？　最初からこの屋敷にいた源太郎さんなり、出入りした料亭花洛の人たちを疑わなくていいんですか」

佐々木が当惑ぎみにいった。「壁のなかは埃《ほこり》だらけで、厨房《ちゅうぼう》で湯を沸かすせいで湿気もひどかったうえ、鑑識もICレコーダーの回収に手間取り、あちこちこすれました。指紋や汗の検出は不可能だったんですが……」

「なら」李奈は佐々木を見つめた。「ほかの人が仕掛けた可能性もありますよね」

「とはいえ宴《うたげ》に関わった人物なら、わざわざ物証を壁の内部に残すとは……。捕まることを恐れない赤色団ならではの、大胆な犯行ではないかと」

「でも変でしょう。どうして『怪談一夜草紙』だったんですか。小説になぞらえたりするのが、赤色団の犯行の手口なんですか？」

「いや……。蛭井は活字の本が嫌いです。謎めかすようなやり方も過去になかったと思います」

得体の知れない犯人グループが、物語の途中で名前だけでてきて、しかもまぎれもない実行犯だと断定された。小説だとすればとんでもなく拍子抜けな展開だ。しかしこれは現実だった。なんといっても捜査本部がだした結論だ。笠都を刺殺したのは赤色団リーダーの蛭井。そこは動かしがたい真実にちがいない。

それでもなお腑《ふ》に落ちない。ICレコーダーを仕掛けてまで『怪談一夜草紙』どおりの拉致計画を実行した。なぜそんな必要があったのだろう。二度目の戸を叩く音で、笠都が厨房に来ることを、赤色団は確信できたのか。どうして帆夏を攫わねばならなかったのか。

逮捕状、指名手配。警察はそちらを優先させようとしている。ほかに打つ手がないのはわかる。だが逃げ場を失った犯人は、足手まといとばかりに人質の命を奪おうとするのではないか。そんな展開のサスペンス小説なら枚挙にいとまがない。

このままでは帆夏が危険にさらされる。いまも絶大な苦しみのなかにあるかもしれない。放ってはおけない……。

そのとき唐突に頭に閃《ひらめ》くものがあった。小説のアイディアを思いつく瞬間に似ていた。ひとつの可能性が浮上し、別の可能性とつながる。それがまたほかの可能性にリンクする。

〝小説や芝居ならば、浅井親子の捕物や、お角さんの行く末や、いろいろの面白い場面があるのでしょうが、実録は竜頭蛇尾とでも申しましょうか、その結末がはっきりしないのが残念でございます。どうも御退屈さまで……〟

それが『怪談一夜草紙』の結びだった。実録は竜頭蛇尾。はっきりしない結末。そうばかりでもないと李奈は直感した。いままでのすべての事件が思い起こされる。事実は小説より奇なり、なにもかも作家の想像力を超えていた。今度ばかりはちがうとどうしていえる。

そうだ。状況から考えられる経緯はひとつしかない。ほかのあらゆる仮説は否定される。どこに証明を求めるべきだろう。この屋敷だけでは不可能だ。しかしここで確認できることもある。

李奈は身を翻した。簀《す》の子の上を歩くための専用靴は、そのまま廊下にあがってかまわないときいた。李奈は足ばやに廊下を突き進んだ。

ふたりの刑事があわてぎみに追いかけてくる。佐々木がきいた。「どうかなさったんですか」

「たしかめなきゃいけないことがあるんです」李奈は廊下を屋敷の最深部へと向かった。

襖《ふすま》を開ける。初めてここを訪ねたときの状況を思いだす。帆夏は廊下に正座し、失礼しますと声をかけてから、そろそろと開けた。その礼儀正しいさまが目に浮かぶ。

畳敷きの部屋だが和洋折衷で、三方の壁を書架が囲む。ひとり掛けのソファが点在する。あのとき佐間野と鴨原が離れた二脚に座っていた。

メキシコでは国歌をまちがえると罰金、佐間野がそういった。鴨原が小説なら伏線かなと冗談を飛ばした。佐間野もそれに乗った。このあとメキシコ人でも登場するのか、と。

ほどなく建物がびりびりと振動しだした。笠都のスポーツカーが到着した、その大排気量エンジンが放つ重低音のせいだった。鴨原が本棚に駆け寄った。危ない、といって、落ちそうなトロフィーを手で押さえた。

いまもそのトロフィーが本棚に置かれている。上から三段目、大型本が並ぶ端に、ちょうどトロフィーを飾るのに都合のいい隙間がある。トロフィーの高さは三十センチを超えるようだが、正確なところはわからない。

李奈は刑事たちにきいた。「定規ありません？」

山崎がポケットをまさぐった。「巻き尺なら。それは丹賀源太郎氏が若き日に受賞した文学賞のトロフィーらしいですよ。どうかしたんですか」

「絶対的な証拠というわけじゃありません」李奈は巻き尺を受けとると、本棚に向き直った。「これが小説なら、あとはもう解決編でしょう。エラリー・クイーンやルーパート・ペニーは、ここに挟むはずですよ。読者への挑戦状を」

17

時津風出版の編集部は、凄《すご》みのある内装ではあるものの、昼間の社員の動きはいたって真面目だった。みな事務机につき、ゲラをチェックしたりパソコンを操作したりしている。印刷所に電話もする。出版社としての実態はまちがいなくあった。

とはいえ社長の篠垣だけは、その筋っぽい貫禄《かんろく》充分の外見で、オフィスをのしのしと進んだ。窓際にある応接セットにたどり着くと、篠垣は軽く頭をさげた。「どうも、わざわざお越しくださいまして」

来客は丹賀源太郎だった。紋付き袴《はかま》姿ではなく、スーツを着たうえネクタイも締めている。長い白髪も白髭《しろひげ》も清潔に整えていた。あらたまった態度で源太郎は立ちあがり、深々とおじぎをした。

「お掛けを」篠垣社長は源太郎にソファをすすめ、みずからも座った。「いやぁ、息子さんの一連の小説はどれも傑作揃いでした。うちとしても存分に稼がせていただきまして」

「それはよかった」源太郎はどこか気もそぞろに応じた。「笠都の作風を認めたわけではありませんが、多くの評判を得ていることは知っとります。今後も莫大《ばくだい》な収入を生むでしょう」

「今後……ね。まあそこはいろいろと」

「つきましては契約の改定というか、私との契約を急いでいただけませんかな」

「契約？」篠垣が眉《まゆ》をひそめた。「なんのですか」

「またおとぼけを。出版契約ですよ」

「はて。うちは丹賀笠都の本をだしてきましたが、丹賀源太郎先生の著作となると、たしか一冊も扱っていないかと」

「むろんです。御社と私のあいだで交わすのは、丹賀笠都の今後の出版契約ですよ」

「……すると、丹賀笠都さんの一連の小説の、今後の増刷に関する印税契約を、お父様の源太郎さんが結びたいと」

「そうです」

「『新説・破戒』だとか、『生への贖罪』、『見返りを求むな』、『二極一対』などの契約をですか」

源太郎はじれったさをあらわにした。「だからそういっとるだろう。できればこの場で書面を交わしたい。準備していただけませんかな」

「丹賀さん」篠垣が指先で目をこすった。「突然お電話をいただき、急ぎの用だというので、私も外出をキャンセルしてお待ちしてたんですけどね。なんとも予想外というか、唐突なお申し出で」

「そう突飛な話でもないでしょう」源太郎が居住まいを正した。「息子が他界し、親が相続権を得る。あいつは貯金を使い果たし無一文だったが、著作権は私が相続するのです」

篠垣の表情が硬くなった。「たしかにお子さんが独身で、お孫さんもおられないのですから、親たるあなたが著作権を相続なさるのは当然です」

「そうでしょう。つきましては至急書類を作成していただきたい。印鑑も持ってきております」

「うちの顧問弁護士に相談しておきます。また後日ご連絡を差し上げますので……」

「いかん！」

大声が社員らを振り向かせた。誰もが妙な顔で源太郎を見つめる。源太郎は気まずそうに目を泳がせた。

しばらく間を置いたのち、源太郎がまたおずおずと切りだした。「すまないが契約を急いどる。いまこの場で手続きをお願いしたい」

「そんなことはできません。顧問弁護士もきょうは社内にいませんので」

「出版契約書の雛形《ひながた》ぐらいあるだろう。甲乙の名義を私と御社にするだけだ」

「申しわけありませんができかねます」篠垣が腰を浮かせかけた。「一両日中にもご連絡差し上げますので……」

源太郎が篠垣を引き留めた。「だからそれでは遅いといっとる！　社長。どうしても契約が後日になるなら……」

篠垣がため息をつき、またソファに座り直した。「なんですか」

ふいに源太郎は声をひそめた。「前借りをお願いできないか」

「……前借り？」

「そう大きな声でおっしゃらんでください。契約後に入ってくる印税のうち、一部だけ工面してくれればいい」

「うちは見てのとおり小さな会社でしてね。原則的に著者への先払いはお断りしてるんです。まして著者本人でもないとなると……」

「私も作家だ。笠都の相続人でもある。著作権を正式に継承する」

「それを証明できる物はありますか？　丹賀笠都の著作権が死後、あなたに譲られると明確にされた文書だとか」

「あいつは遺言など遺《のこ》していないが、相続は法律上適正だ。弁護士に書類を作らせる」

「ではその書類ができてから、また相談ということで……」

「わからん奴だな！」源太郎は声を荒らげた。「いま金が要るといっとるだろう！」

篠垣は動じなかった。「なぜですか」

源太郎が言葉に詰まった。「それは……。いろいろと事情もある。屋敷の家賃も滞っとるし」

「いままで大家さんは延滞に応じてくれていたんでしょう？　この期に及んでそんなに支払いを急ぐ必要がありますかね」

「あんたには関係のないことだ」

「金を借りに来た人の態度とは思えませんが」

はっとした源太郎が、にわかにあらたまった態度をしめし、深々と頭をさげた。

「頼む。息子は御社に貢献してきたはずだ。その息子に文芸を教えたのは私だ。一部でいい、前借りをさせてほしい」

「一部というと、具体的にいくらですか」

「そのう……。二千万ほどだが」

「二千万⁉」篠垣が頓狂《とんきょう》な声を発した。「本気でおっしゃってるんですか」

「笠都は何十億もの利益を御社にもたらしたはずだ。それぐらい安いものだろう」

「ありえませんね。源太郎さん、あなたも作家なら、そこまでの金額を稼ぐのがどれだけ大変かわかるでしょう」

「息子は大ベストセラー作家だった！　今後も巨万の富を稼ぐ。私は著作権を相続するんだぞ！　ごく一部の金を受けとってなにが悪い！」

「今後も巨万の富を稼ぐ？　そんなものありゃしない！」

篠垣が声を張ったのち、オフィスはしんと静まりかえった。社員らがまたいっせいに視線を向ける。

源太郎が目を剝《む》いた。「巨万の富がない……？　いったいそれはどういう意味だ」

なおも沈黙がつづいた。やがて篠垣がふうっとため息を漏らし、ソファの背に身をあずけた。「杉浦李奈先生のいったとおりか。さすが噂どおりのお嬢さんだな、あれは」

「杉浦李奈？」源太郎が不審げにきいた。「なぜそんな名前がでてくる」

「そりゃね」篠垣の顔がこちらを振りかえった。「あなたより少し先においでになったからですよ」

一部始終を眺めていた李奈は、オフィスの隅の事務机を離れつつ、ゆっくりと立ちあがった。社員らのなかに埋もれていたからだろう、源太郎はいまになって李奈の存在に気づき、驚愕《きょうがく》のいろを浮かべた。

李奈はソファに歩み寄った。「源太郎さん。ウィークリーマンションでお会いして以来ですね」

源太郎が目を剝き、震える声を発した。「す、杉浦さん……。なぜここに？　この社長になにを吹きこんだ？」

「吹きこむ？」李奈は立ちどまった。「どういう意味でしょうか」

「私との出版契約に応じるなといったのか？　前払いもするなと」

「そんなことは申しあげていません。わたしがここに来なくても、あなたが息子さんの印税を受けとることは、永遠にありえないんです」

「いったいなんの話を……」

「年間約百五十件」李奈は静かにいった。「親が実の子を殺害する件数です。わが子に殺意を抱き、実際に罪を犯すケースが、それだけ多くあります。あなたもそんな親のひとりだったんですね」

源太郎が跳ね起きるように立ちあがった。顔面を紅潮させ、憤怒《ふんぬ》の感情を表出させた。「なにをいう！　笠都は……反社の人間に殺されたんだ。警察がそういってきた。赤色団という半グレの、蛭井という男が刺したのだと」

「その蛭井って人はどこですか」

「私が知るわけなかろう」

「ご存じです。でなければなぜいま緊急にお金が要るんですか」

李奈の視野に映る源太郎は、スチル写真のように静止して見えた。愕然《がくぜん》としたまま口もきけず、瞬《まばた》きすら忘れている。ふらつきながら後ずさったが、ソファがそこにないと知り、いっそう大きく体勢を崩しかけた。近くの電気スタンドにつかまり、かろうじて転倒をまぬがれる、そんなありさまだった。

源太郎が激しく狼狽《ろうばい》したのは、もはや誰の目にもあきらかといえる。そのことを自覚したのだろう、源太郎は沈痛な面持ちで下を向いた。

「きみは」源太郎がつぶやくようにきいた。「なにもかもわかっとるのか」

社員らがなにもいわずに見守る。李奈は篠垣社長を振りかえった。「源太郎さんとふたりきりで話したいんですが」

「そこの書庫ぐらいしかないが」篠垣が顎《あご》をしゃくった。「よければ使ってください」

「ありがとうございます」李奈は壁際のドアへと歩きだした。「源太郎さん。一緒にどうぞ」

源太郎は返事をしなかった。おぼつかない足どりで李奈に歩調を合わせる。李奈はドアを開けた。

十畳ほどの室内は、左右の壁がスチルラックで埋め尽くされ、びっしりと本が並んでいた。谷間にはパイプ椅子が三脚。ほかに段ボール箱が数点と清掃用具。実質的にただの物置のようだ。

李奈は後ろ手にドアを閉じた。室内にふたりきりになった。椅子のひとつを李奈は勧めた。「お掛けになってください」

床に目を落としたままの源太郎が、やっとのことで椅子に腰掛けた。源太郎は物憂げな声を響かせた。「誓っていう。赤色団という連中と、前から知り合いだったわけじゃないんだ」

「ええ」李奈は近くに立った。「そうでしょう。犯行はあなたひとりで思いつき、実行しようとしたことです」

「経緯もわかっとるのか」

「純文学に生きる父は、息子の過激な作風に憤慨し、公然と批判までしていた。でもじつは宴の席で意気投合するほどに仲がよかった」

「やはり父と息子だからな。……と来客は思ったはずだ」

「あなたの心理を考えてみれば、もっと単純な関係だとわかります。親子で仲良くしているほうが見せかけだった。あなたは笠都さんに立腹していた。なにより小説を許しがたいと思った」

「あんな物は小説ではない。子供じみた差別意識にとらわれたゴミの山だ。私は文壇から息子のことで非難されたよ。あんなのを野放しにするべきじゃないと釘《くぎ》を刺された。あいつは私の顔に泥を塗った」

「丹賀文学塾が盛況になったといっても、どういう状況だったかは想像がつきます。丹賀笠都の小説とは、あなたのナイーブな純文学的アプローチを根本から否定し、徹底した差別と冷笑主義に満ちた作品群なのですから」

「塾生らは私を煙たがった。笠都に会わせてくれと頼む輩《やから》もいた。私は決心したよ。閉塾の宴《うたげ》を開こうとも、塾生などひとりも呼びはしないと」

「同時によからぬ考えにもとらわれたでしょう。笠都さんは散財し、貯金が底を突き、塾の経営を助けてもくれない。独り身の息子が死ねば親が相続人になる。忌まわしい丹賀笠都の既刊本でも、今後も増刷がつづくと期待され、莫大《ばくだい》な印税が入ってくる。

著作権を相続すれば、あなたがそれらを独占できる」

「屋敷の家賃を清算し、ふたたび文学塾を始めるだけの資金ぐらいは、得て当然だと思ったよ。あいつが子供のころから、私は小説の書き方を指導してきた。稼いだ金は一部でも家にいれるべきだろう。ところがあいつは、小説作法をとんでもなく愚劣な金儲《かねもう》けに利用した」

『怪談一夜草紙』を前からご存じでしたよね。あなたの蔵書にあったんだし、なによりモデルになったとおぼしき屋敷を借りたんですから。向かいの妙蓮寺の奥に、大穴が開いているのも知ってた」

「私は……。そんなに奥へは立ち入っとらん。路地に近い手前のほうだけを掃き掃除するのが常だった。塾生もそう理解しとる」

「いまさらよしてください。塾生さんの目があるときにはそうでも、掃除はひとりのときもおこなったでしょう。すでに住居侵入してるんだし、奥へ足を運ぶことはありえます」

「……ああ。すまんな。否定するのがつい癖になっとる」

「本堂のわきに縦穴があるのを知って、そこに周りの廃材をたくさん投げこんだ。一日に数本ずつ、先端が尖《とが》ってなければ折ったりして、穴の底を徐々に満たしていった」

「そう。こんな年寄りの身体でも、少しずつならやっていける。そのうち穴の底は、山田風太郎《やまだふうたろう》の忍者小説にでてくる罠《わな》のごとく、竹槍《たけやり》の剣山と化した」

「あなたは笠都さんを嫌ってましたが、笠都さんのほうは父親に成功をみせつけようとしてくる。だから交流はあった。あなたは議論を持ちかけましたよね。『怪談一夜草紙』の解釈について」

ため息とともに源太郎が身体を起こした。なおもうつむきがちな顔で源太郎はささやいた。「座らないか」

「座りません」

「そこまで見抜いとるのか。たいした想像力だ」

「親子間の議論の詳細はわかりません。よろしければどんな内容だったかお教え願えますか」

「なに、たいしたことじゃない」源太郎は弱々しい声を発した。「振袖《ふりそで》姿の女児を見たという、大仙寺の納所《なっしょ》こそ怪しいと、私は議論を持ちかけた。笠都は反論し、最初に行方不明になったお角の父親、藤吉が怪しいといいだした」

「笠都さんが反論するのは狙いどおりだったんですね」

「あいつはなにかにつけ私と張り合おうとするからな。閉塾の宴の打ち合わせがてら、一緒に飲んでいる席だった。酒が入り、あいつもすぐ熱くなった。私は提案した。なら宴の席で真相を追究しようと」

「あの屋敷を舞台に『怪談一夜草紙』を再現し、来客に謎を解かせようと計画したんですね。一種の謎解きイベントみたいに。そのため実際に推理の得意そうな作家を集めるよう、笠都さんに依頼した」

「私がそっちの分野に疎いのは本当でな。正直なところ杉浦さん、あんたも知らなかった。元刑事やら元検事やら、現役弁護士やら、本職の作家を集めるよう仕向けたのはたしかだ。笠都はあんたも謎解きに優れていると評価し、あの宴に招いた」

鴨原や樋桁の経歴は偽物だったが、丹賀父子《おやこ》はそうと知らず、彼らを招待した。さらにお角さんとお豊さん、ふたりにあたる若い女性として、樫宮美玲と小山帆夏をキャスティングさせた。

李奈はいった。「お角さんとお豊さんのうち、ひとりは樫宮美玲にしてほしいと、あなたから笠都さんに頼んだでしょう」

「あんたはなんでもお見通しだな……」

元刑事や元検事、現役弁護士の作家、それに杉浦李奈。源太郎がそういう人選をさせた本当の目的は、自身のアリバイ工作のためだった。勝手口を叩《たた》く音がし、ふたりが姿を消すまでのあいだ、源太郎がずっと宴の席にいた。法曹や警察絡みの客ばかりが同席していれば、証言は大きな信憑性《しんぴょうせい》を持つ。

ならば現役の刑事や検察官らを呼ぶべきではないか、そんな疑念は成り立たない。あくまで文学塾の閉塾の宴であり、丹賀笠都の人脈で集められる同業者でなければ、招待自体が不自然にみなされてしまう。

ただし理想の顔ぶれが揃ったとはいえ、宴の最中、肝心な瞬間に席を外されたのでは困ってしまう。源太郎が宴に参加しつづけているのを、招待客全員に目撃させねばならない。若い女性アイドルが世話係を務めれば、客たちを宴に釘付《くぎづ》けにできると源太郎は考えた。『怪談一夜草紙』に沿って、樫宮美玲ほか一名が給仕をする。笠都は筆頭株主の権力を発揮し、美玲を呼ぶのに成功したが、もうひとりの小山帆夏は無名だった。

李奈はいった。「『怪談一夜草紙』については触れずに、来客たちが状況からどのように推理するか、それをたしかめようと息子さんに持ちかけた。戸を叩く音を録音したICレコーダーを用意したのは、たぶん笠都さんですね」

「そうだ。八時間ほど経ってから音がでる仕組みだった。厨房《ちゅうぼう》の隅の天井板をずらし、そこから天井裏にICレコーダーを載せておいた。あとで笠都が回収し、証拠を隠滅できるようにだ」

「あなたは笠都さんに、美玲さんと一緒に外へでるようにいった。笠都さんもそうしたかったから、そのように事前に働きかけた。でも帆夏さんが代わりに応対すると美玲さんに約束してしまった。事情を知らない帆夏さんは、戸を叩く音をきき、ひとり厨房へ向かった。そこで……」

李奈はコピー用紙をとりだした。〝座って待て〟と印刷してある。

「これは複写です」李奈は紙を源太郎にしめした。「元の紙は雨水を吸い、雑に折り曲げられ、側道に落ちていたとか。でも本来この紙は、勝手口わきの椅子に置いてあったんですね」

源太郎が力なくうなずいた。「笠都が用意した紙だ。帆夏は厨房に赴いたものの、勝手口を開けても誰もおらず、戸を叩く音だけがきこえつづける。音は反響するから、きこえてくる方向もすぐにはわからない。しかしその紙を見て察したはずだ。これは悪戯《いたずら》かなにかで、協力を求められていると」

李奈も同感だった。「勝手口の戸を叩く音がきこえたら行くようにと、笠都さんから事前に指示があった以上、その時点でもおぼろにイベント性は感じ取れます。帆夏さんは厨房で待機した。ほどなくまた戸を叩く音が響き、笠都さんが来た。ICレコーダーを回収するよう、源太郎さんが念を押しておいたんでしょうね」

「犯罪のために物証を処分させなきゃいけなかった……。あいつは疑いもしなかった。来客の謎解きに余計な物を残すべきでない、そんなふうに納得していた」

「笠都さんは椅子を厨房の隅に運び、上に立って天井板を開けた。ところが天井裏に手を伸ばしたとき、ICレコーダーが壁のなかに落ちてしまった」

「私は知らんかった。ただ……」

「世話係の女の子を連れ、妙蓮寺の奥へ隠れるよう、笠都さんに指示しておいたんですね。本堂のわきへまわりこむようにと。もちろんそこに大穴があることは教えなかった。笠都さんも当初は、美玲さんとふたりきりになれると、大喜びで賛成した。それが帆夏さんに代わってしまい、笠都さんは多少がっかりしたかもしれませんが、特に変化はなかった」

源太郎は打ちのめされたように下を向いた。両手で白髪頭を掻《か》きむしり、震える声でぼそりと詫《わ》びた。「すまん」

手探りで進まざるをえない暗闇のなか、笠都と帆夏は穴に転落する。たった約三メートルの深さでも串刺《くしざ》しになることを、源太郎は知っていた。盗んだタイヤや、丈夫そうな蔵書を投げ落とし、実験してあったからだ。

李奈は立ったまま源太郎を見下ろした。「『全国仏像辞典』、『欧州風景画集』、『地理院マップ全国版』。どれもB4サイズで、本の高さは三十センチを超えます。わたしは屋敷の書架を思いだしました。隙間に置いてあったトロフィーも三十センチ超。あの段にはそれだけの高さがあった」

すなわちB4判の本が並べられる段になる。隙間の幅を測ってみると約十八センチだった。穴に落ちていた本はどれも厚く、ほぼ六センチずつ。三冊は源太郎の蔵書だったと見当がついた。

具体的な犯行意図を突き詰めていくと、どんどん心が冷えてくる。李奈は源太郎を責めた。「あなたには事実が見えていません。笠都さんが美玲さんと結婚すると、本気で信じてたんですね」

「ああ……」源太郎が顔をあげた。かすかな驚きのいろが浮かぶ。当惑とともに源太郎がきいた。「ちがうのか？　互いに惚《ほ》れあっとるんだろ？　だから給仕なぞさせることができたと……」

「いいえ。笠都さんはサファイアプロダクションの筆頭株主でした。美玲さんを呼べたのはそれゆえです」

源太郎は動揺をしめした。「わ、私は……」

「もしふたりが入籍済みだったら、美玲さんが著作権を相続してしまうと考え、一緒に殺害しようとしましたね。なんてひどい。あなたはただの殺人鬼です」

「よせ」源太郎は激しく取り乱した。「笠都は差別主義者だったんだ！　私に大恥をかかせた。チャラチャラしおって、芸能人の小娘とくっつこうなどと……」

「嫉妬《しっと》したんでしょう」

「なにを馬鹿な……」

「事実を認めてください！　あなたは自分の息子と、その結婚相手と誤解した有名タレントを、ふたりとも殺害しようとしたんですよ。偶然にも赤色団が現れ、笠都さんが刺されましたが、事実上あなたが殺したも同然なんです！」

あのめだつスポーツカーを、赤色団メンバーは尾行していたのかもしれない。あるいは笠都の父親が経営する塾を、常時監視していた可能性もある。笠都が帆夏を連れて外にでてきたのを目撃し、赤色団はふたりを誘拐した。〝座って待て〟の紙は、そのとき路地に落ちた。

夜十時半ごろ、寺の奥で縦穴に初めて気づくふりをしたとき、源太郎は衝撃を受けただろう。ふたりの死体が見つかるはずだったのに、穴の底には誰もいなかった。なにがどうなったのかと、源太郎は混乱しただろうが、うろたえるさまは特に不自然とはみなされない。少なくとも結果は源太郎の求めていたとおりになった。いや、もっと好ましかったかもしれない。荒川から東京湾に注ぐ河口付近で死体が発見されたため、いっそう源太郎のアリバイが強化されたからだ。

あまりメジャーとはいえない『怪談一夜草紙』どおりのできごとだとは、誰も気づきはしない。源太郎はそんなふうに高《たか》をくっていたふしがある。だが李奈はたちどころに思い当たった。なぜ『怪談一夜草紙』になぞらえたのかと、深読みする羽目になったものの、わかってしまえば簡単なことだ。源太郎は笠都を操るため、あの短編小説の筋書きを利用したにすぎない。

源太郎はうつむいたままつぶやいた。「証拠はない」

李奈のなかに苛立《いらだ》ちがこみあげてきた。「なにをいうんですか」

「なにもかもあんたの妄想だ。作家だけにもっともらしい話を思いつく。だが私は関知しとらん」

「決定的な証拠がないとおっしゃるんですか」

「そうとも。でなきゃもう警察を呼んどる。ちがうか」

「居直るのはよくありません。あなたは罪を犯したんです。やったことを認めるべきです」

「私は居直ってなどおらん」

「息子さんの死を悲しむふりでもなさるおつもりですか」

「……そんなことはせん。あれはクズだ。文筆業そのものを愚弄《ぐろう》した。丹賀家の恥だ。万死に値する。かといって私は手にかけとらん」

なんて往生際が悪い。李奈はじれったさを嚙《か》み締めた。「本当に笠都さんの作品を毛嫌いしているのなら、死後それらの印税をほしがるなんて、浅ましすぎませんか。こんなことをいってはなんですけど、同じ穴の狢《むじな》に見えますよ」

「あんたになにがわかる！　あいつは死んで償いをするんだ。私はあいつの著作権を得る。駄文が稼ぐ汚れた金を私が浄化してやる。時津風出版が契約に応じないなら、別の版元と契約するだけだ。私が著作権所有者だからな。私の印税収入だ、誰にも妨害させるものか！」

「罪を認めようと認めまいと、あなたは一円も受けとれないんです！」

沈黙が生じた。源太郎の剝《む》いた目は、いまや眼球ごと飛びだしそうだった。

「な」源太郎が掠《かす》れた声でささやいた。「なんだと……？」

「著作権は相続できますが、著作者人格権の相続は不可能です。丹賀笠都さんの一連の作品の著作者人格権は、依然として笠都さんにあります」

「詭弁《きべん》だ。著作者人格権は著者の死亡とともに消滅する」

「例外があります。著者の名誉にかかわる事柄は、死後も著作者人格権の保障する一要素として存続します」

「名誉だと……？」

「亡くなる少し前、笠都さんは時津風出版に申しいれました。自分の小説のすべてを絶版にすると」

突如として源太郎は立ちあがった。若者のごとく迅速な動作だったが、反射的にそうしたにすぎないらしく、たちまちふらついた。立ちくらみを生じたのかもしれない。みぞおちを打たれたも同然に息が詰まり、声もあげられないようすで、ただあわてながら口を開閉させた。

「馬鹿な」源太郎はようやく声を絞りだした。「いったいなにをいっとるんだ」

「笠都さんの手による念書もあります。この会社の顧問弁護士が保管しています」

「捏造《ねつぞう》だ！　あいつが莫大《ばくだい》な利益を手放すはずがない。ひと山当てて途方もなく図に乗っとったあいつが」

「それがちがったんです」李奈は冷静にいった。「笠都さんの本が売れだしてから、あなたは小言ばかり口にしてきたでしょう。絶えず笠都さんを責め、あんな本は絶版にすべきだと、ことあるごとに批判した」

「そんなことで折れる笠都ではない。あいつは親の私がいうことに、まるっきり耳を傾けなかった」

「ところがそうじゃなかったんです。前におっしゃったでしょう？　笠都さんが子供のころ、勉強するようにいっても、反発し暴言を吐くばかり。あなたは立腹し深酒したものの、夜中に笠都さんの部屋の明かりが灯《とも》っていた。笠都さんは机に向かい、自発的に勉強していたと」

「あれは……。昔話だ」

「笠都さんにすなおな面があったと、あなたもおっしゃったじゃないですか。突っぱねるふりをしながらも、あなたの叱責《しっせき》や批判を耳にするうち、良心の呵責《かしゃく》にさいなまれていたのかもしれません」

「それで小説の絶版をきめたというのか……？」

「あなたは笠都さんの小説を否定しながら、内心では商業的成功に嫉妬し、それがわが子への憎しみへと変わっていった。しかし笠都さんのなかには、まだ子供時代のままの純真さが残っていた。父親であるあなたの忠告をききいれようとしたんです。問題視される自作をすべて捨て、再出発しようと」

源太郎は激しくうろたえだした。「そんなことはありえん！か、仮にそうだったとしても、笠都の本はまだ絶版になっとらんだろう。私がだすんだ、あいつの本を。ほかの出版社でもどこでも」

「著者本人にとって不名誉となるおこないは、著作者人格権による保護が死後も機能し、原則として禁じられます。破ることができません」

「誰が文句をいってくるというんだ。私は笠都の親だ。唯一の身内で相続人だぞ」

「著作者人格権の一部が、死後も効力を持つと主張するのは、ふつうなら身内なのですが……。あなたの場合は事情がちがう。でも時津風出版の篠垣社長があなたに猛反対し、再刊行の阻止に動くでしょう。この会社は儲《もう》けさせてくれた笠都さんに恩義を感じてますから」

「こんな暴力団まがいの版元が、ドル箱をみすみす手放すものか。どさくさまぎれに著作権を独占する気かもしれんが、そうはいかん」

「まだわからないんですか。時津風出版は絶版の申し出を受けいれたんです。あなたは笠都さんの著作権を相続できます。でもどこでも出版はできない。そもそも差別用語だらけの小説ばかりです。他社での刊行など端《はな》から無理です」

さっきまで紅潮していた源太郎の顔は、みるみるうちに血の気が引き、いまや完全に青ざめていた。「だがそれでは……。笠都の死は……」

「笠都さんの死はあなたになんの利益ももたらしません。殺害を意図したこと自体が無意味かつ無駄だったんです」

源太郎は茫然《ぼうぜん》とし、腰を抜かしたかのように尻餅《しりもち》をつきかけた。幸いにも椅子の座面がそれを支えた。だが勢い余りパイプ椅子ごと後方に倒れそうになった。

かろうじて転倒を免れた源太郎は、なおも信じられないという顔で李奈を仰ぎ見た。やがて視線が下がっていき、両手で頭を抱えた。言葉にならない呻《うめ》きを源太郎は発した。

李奈は窓を覆うブラインドを一瞥《いちべつ》した。午後の陽射しが陰りつつある。一刻も早く対処せねばならない。「源太郎さん、あまり時間がありません。帆夏さんがどこかに監禁されているなら、ただちに助けださないと。赤色団との連絡方法は？」

「……そんなもの、私が知るわけがなかろう」

「とぼけないでください！」李奈は憤った。「笠都さんが亡くなってしばらくは、あなたと赤色団のあいだに関わりはなかった。でもいまはちがいます。笠都さんの著作権を父親が相続すると、赤色団も信じた。だから赤色団はあなたに対しても脅しをかけてきた。出版を継続するなら殺すと」

「なにをいわれても……。私には記憶がない」

「あなたの命を永遠に付け狙うといわれたでしょう」

「知らん」

「脅迫に屈しましたね。絶版にしない代わりに、印税のうちかなりの歩合を赤色団に譲ると。赤色団は早々に手付けを要求してきた。あなたがきょうここを訪ねてきて、お金がほしいの一点張りだったのはそのせいです。二千万円を払う約束があるんですね？　どこでどのように現金を渡す約束ですか？」

源太郎の顔はあがらなかった。「帆夏という子は気の毒に思う……。しかしいま置かれた状況を鑑《かんが》みるに、私はただ沈黙を守るしかない。もうなにも答えん」

「そんなことは許されません！」李奈は早口にまくしたてた。「事実から目を背けないでください！　笠都さんは父親のあなたを慕ってた。今後はやり直そうと決心し、宴の席で酒を酌み交わしたんです。なのにあなたは笠都さんの将来を奪った。あなたが息子さんを信じなかったがゆえの悲劇なんです。このうえ罪を重ねるおつもりですか！」

両手で頭を抱えたままの源太郎が、唸《うな》るような声を発した。やがてそれが慟哭《どうこく》だとあきらかになった。源太郎はひたすらむせび泣いた。

困惑とともに李奈はたたずんだ。ふいに肩を触れられたのを感じた。はっとして振りかえると、いつしか篠垣社長が部屋に入り、すぐ近くに立っていた。

篠垣が穏やかにいった。「私が話そう」

源太郎への説得について、篠垣が代わりを申しでた。ここは篠垣の会社だった。李奈は黙って身を引いた。篠垣が床に片膝《かたひざ》をつき、源太郎に小声でささやきかける。

李奈はひとり部屋の外にでた。オフィスでは社員がみな立ちあがり、こちらを見守っていた。李奈の視線は自然に落ちた。

たぶんここでの務めはすべて果たした。あとはもう李奈がやるべきことはない。ただ胸のうちで、ひとつの思いが古傷のように疼《うず》く。自分の人生についてのことだ。親子の心のすれちがい。放置しておくべきではないのかもしれない。

18

斜陽が工場地帯を紅いろに染める。荒川が東京湾に注ぐ河口付近、葛西《かさい》臨海公園とは逆側の岸だった。新木場《しんきば》から南下する埠頭《ふとう》に、片側二車線の車道が延びている。李奈はセダンの後部座席から、窓の外の殺風景な景色を眺めた。ふだんは静寂に包まれた一帯にちがいない。いまはけたたましいサイレンの合奏が鳴り響く。李奈が乗っているのも東京湾岸署のパトカーだった。

十数台に及ぶパトカーの車列に、救急車と消防車も交ざる。新木場若洲《わかす》線の路肩に連なるように、緊急車両が続々と停車した。

住宅地ではない。草木が生い茂る空き地のほかは、トタン板で囲まれた工場棟が点在するばかり。一般車両の往来はなく、トラックさえもさほど見かけない。そんな工業地帯に似つかわしくない、大きなログハウスがぽつんと建つ。ここからはかなり距離があった。

パトカーから降車した私服と制服の警官らが、いっせいにログハウスへと駆けていく。敷地は金網フェンスで囲まれ、ゲートは鎖で施錠してある。しかし先頭の警官がボルトクリッパーで鎖を切断し、ただちにゲートを開け放った。躊躇《ちゅうちょ》する気配もなく、捜査員の群れが敷地内に突入、ログハウスめざし雪崩を打つ。

李奈の隣には佐々木がいた。佐々木はあわただしくシートベルトを外しながらいった。「杉浦先生。ここにいてください。くれぐれも勝手にクルマを降りないように」

助手席にいた山崎が真っ先に車外にでた。運転席の制服警官がそれに倣い、最後に佐々木が飛びだしていった。李奈はひとりパトカーのなかに取り残された。

縦列駐車したパトカーの周りには、制服警官がちらほら見てとれるものの、大半はログハウスへ繰りだしている。李奈は遠目にログハウスを眺めた。玄関に殺到した刑事たちに対し、ジャージ姿の男たち数人が抵抗をしめしていた。あれが赤色団メンバーか。小競り合いに等しくても、小説ではなく現実の社会の一角、それも日本国内で起きていることとすれば、かなりの大騒動にちがいない。

とはいえログハウスはパトカーの駐車位置から離れている。李奈はじっとしているのを苦痛に感じ始めた。こんなに遠くに待機とは過保護ではないか。

丹賀源太郎が現金引き渡しのために、赤色団から指定された場所があった。渋谷パルコの店内に張りこんだ捜査員らが、蛭井章仁の身柄を確保。近隣の駐車場には、蛭井の乗ってきたワンボックスカーがあり、ナビの設定から隠れ家が割れた。警察官職務執行法の第五、六条に基づき、令状の発行をまたず捜査員らが急行。それがこのログハウスだった。もとは近くの工場の労働者らの福利厚生施設で、カフェや図書室などを備えていたが、その後賃貸物件になった。赤色団メンバーのひとりが偽名で借りていたらしい。

蛭井を除く六人のメンバーが、いまも潜む拠点。帆夏が監禁されている可能性も充分にある。李奈は佐々木と山崎に頼みこみ、強引に同行した。迷惑はかけたくない。いわれたことは守らねばならない。しかし……。

ドアを開け、降車しかけたものの、またドアを閉じる。李奈はため息をついた。ストーリー上、こういう民間人は足手まといの、読者をイライラさせるキャラでしかない。素人のくせに現場に迷いこみ、人質にとられてしまったあげく、そのせいで刑事が負傷もしくは殉職の憂き目に遭う。事件解決後、ごめんなさいと涙するものの、いい人設定の刑事はやさしく慰めてくれる。……だが読者からは酷評される。なにあの女。あいつがいたせいで現場が引っ掻《か》きまわされた。腹が立って読み進めるのが苦痛だった。あの女のページだけ破り捨てたくなる。

いや。これは現実だ。いちいち小説に喩《たと》えたがるだけでなく、評価まで気にしだすとは、作家としての職業病も度を超している。足手まといのパターンだときめつけるのもよくない。そうならなければいいだけの話だ。

李奈はドアを開け放ち、車外に降り立った。潮風が吹きつけるのを感じる。辺りに目もくれず、ひとりログハウスのほうへ走りだした。

サイレンはすでに鳴りやんでいた。風の吹きすさぶ音ばかりが包みこむ。ただし行く手だけは例外だった。小競り合いにともなう怒鳴り声が徐々に大きくなる。それだけ現場との距離が縮まってきていた。

　赤色団は帆夏を生かしたまま監禁している、そう推測できるだけの根拠はある。源太郎はかならずしも、自分の身の危険を回避するためだけに、赤色団からの脅しに屈したわけではない。二千万という巨額の支払いには、帆夏の身代金も含まれていたと考えられる。もともと源太郎は、笠都と一緒に外へでた美玲も、妙蓮寺の大穴に落とすつもりだった。まさしく鬼畜の思考だった。だが帆夏となると無関係だ。いまでは美玲も笠都の結婚相手でなかったと知ったが、源太郎は事件の直後から、罪の意識にさいなまれていただろう。都合よく臆測《おくそく》しすぎかもしれないが、赤色団が源太郎に告げた可能性がある。小山帆夏の身柄を預かっていると。

　李奈は誰もいないゲートを突破し、敷地内に侵入した。警察もまだ規制線を張る余裕などない。帆夏はいたのか、もう見つかったのか。最悪の事態が脳裏をかすめる。すぐさま頭《かぶり》を振り、そのよからぬ考えを遠ざける。ときおり小説家としての想像力が疎ましくなる。登場人物を不幸のどん底に叩《たた》き落とすのは、ミステリのプロットづくりのときだけでいい。どうしてすなおに希望を信じられない。

　ログハウスの正面に迫った。捜査員らは庭先の四方八方に散り、せわしなくあちこちを駆けめぐっている。赤色団のメンバーがばらけて逃走を図ったからだ。ひとりのメンバーに対し、十人前後が追いかけまわし、全力で包囲を試みる。視野の端で容疑者一名が引き倒された。大勢の私服が飛びかかり、たちまち折り重なった。怒号がそこいらじゅうを飛び交っている。

玄関ドアは開放されていた。李奈が戸口に駆けこむと、目の前で捕り物の騒ぎが繰りひろげられていた。メンバーとおぼしき男が壁に押しつけられ、なおも抵抗しつづける。取り囲む捜査員らは確保しようと必死だった。そのなかに佐々木の姿もあった。

李奈は怖《お》じ気《け》づいたものの、反対側の壁に身を這《は》わせ、少しずつ横移動していった。このログハウスは輸入仕様なのか、靴脱ぎ場はなく、土足でなかへ入るとわかった。

李奈は騒乱を通過し、奥の部屋へと駆け抜けた。

背後に佐々木の呼びとめる声をきいた。「杉浦さん？　いけません。なかに入らないでください！」

いよいよ足手まといキャラの本領発揮ではないか。そうなりたくなければ人の役に立つしかない。そこは吹き抜けのリビングルームだった。暖炉にソファセット、大きな書棚は文庫本で埋め尽くされている。蛭井は読書が趣味ではないので、これは施設だったころの名残か。ほかにライティングデスクと椅子、テレビ。

L字キッチンのほうでは別の捕り物が進行中だった。そちらの騒動を避けるとなると、掃き出し窓からいったんテラスへでるしかない。中庭にも捜査員たちがいるが、赤色団メンバーの逮捕に躍起になるばかりで、帆夏を捜しているようには見えない。

李奈は思わず声を張った。「帆夏さん！」

返事はない。じれったさとともに中庭へ駆けだした。芝生の上にメンバーのひとりが俯《うつぶ》せにされている。捕り物騒動の向かいでも、なぜか捜査員らが群がる箇所があった。レンガ張りの円柱型の塔が、ログハウスの外壁にくっついている。外観のデザインに凝った物置らしい。塔の側面に大きな鉄製の扉があった。頑丈そうなのは見てくれだけではないようだ。大勢の刑事らが把《と》っ手を押したり引いたりしているが、まったくびくともしない。

群れのなかには山崎がいた。山崎が扉を叩きながら怒鳴った。「こりゃ特殊錠だ！鍵穴《かぎあな》を試してる暇はないぞ。壊せないか？」

別の私服が緊張の声で応じた。「持ってきたバーナーでは切断できないかと。署から運んでこないと……」

「そんな悠長なことはいってられん。鍵は!?」

私服と制服が入り交ざる。塔の扉の前があわただしさを増していく。ただならぬ混乱ぶりに李奈は息を呑《の》んだ。単に扉が開かないというだけなら、警察のこんなあわてぶりはありえない。

女性警察官の声が李奈の推測を裏づけた。扉を叩きながら女性警察官が声を張った。

「帆夏さん！　だいじょうぶですか。いま助けます」

悪寒が襲うと同時に脈拍が亢進《こうしん》しだした。犯人グループの誰かが口を割ったのか、それ以外から情報を得たのか、そんなことはどうでもいい。あの扉のなかに帆夏がいる、警察はそう確信したようだ。だが扉を開けられずにいる。あんな窓ひとつない狭い空間に、帆夏が監禁されているのか。拉致《らち》されてからもうどれだけ日数が経っただろう。いまも無事でいるのか。

そのとき佐々木が追いかけてきた。「杉浦さん！」

まずい。帆夏を助けだしたいものの、自分が囚《とら》われの身になってしまったのでは、まったくなんの意味もない。

確実に足手まといキャラとして育ちつつある、そんな自分に気づきながらも、いまは逃げざるをえなかった。さっきとは別の掃きだし口へ駆けこんだ。そこは書斎風の部屋だったが、ゴミ箱に蹴《け》つまずき、李奈は床につんのめった。倒れたゴミ箱の中身がぶちまけられた。

痛《いた》……。李奈は身体を起こした。床一面にゴミが散乱している。困惑とともに李奈はゴミに手を伸ばした。「ああ……。やっちゃった」

「まった！」佐々木が近くにしゃがんだ。「素手で触らないでください。ここはまだ調べてないんですよ。外でまってるようにいったのに」

手袋を嵌《は》めた佐々木の手が、ゴミをひとつずつ拾っては、そっと透明ポリ袋のなかにおさめていく。くしゃくしゃになった小さな紙片を佐々木はつまみあげた。

瞬時に注意が喚起された。李奈ははっとして、思わず佐々木の腕をつかんだ。佐々木は面食らったように凍りついた。指先に持たれた紙片はレシートだった。

渋谷パルコのレシート。日付は数日前だった。蛭井はきょう金の受け渡し場所に、渋谷パルコを指定したが、それとは関係なく以前にも買い物に行ったのかもしれない。買ったのは雑貨類のようだ。同店オリジナルのTシャツにハンドタオル。それ以外には〝講談社文庫ブックボックス　¥865〟とある。

横山秀夫《よこやまひでお》が『クライマーズ・ハイ』に書いた、脳が揺さぶられるという感覚を、李奈はいままさに味わった。高圧電流のような衝撃が全身を駆け抜ける。李奈は跳ね起きると中庭へ走りでた。

佐々木の厄介そうな声が追いかけてくる。「杉浦さん！　駄目ですよ、勝手に動きまわらないでください！」

山崎らはまだ塔の扉を開けられず苦戦している。李奈は掃きだし口からリビングルームへと戻った。隣接する玄関ホールやキッチンでの捕り物は、もう収束に向かいつつあった。李奈はまっすぐ書棚に駆け寄った。

天井まで達するほどの大きな書棚は、半分以上の段が文庫で埋まっている。福利厚生施設の置き土産《みやげ》。講談社文庫の背だけでもおびただしい量が見てとれる。いちいち調べている暇はない。警察も慎重を期すばかりだろう。それなら……。

李奈は書棚のわきにまわり、両手を側板に這わせた。満身の力をこめ書棚を激しく揺さぶる。

「なっ」佐々木が駆け寄ってきた。「なにをしてるんです！」

「いいから！　震度五レベルには揺すらないと……」そのとき本棚の中段あたりから、一冊の文庫が床に投げだされた。やけに硬い音とともに弾んで転がった。

あれだ。李奈は床に滑りこみつつ、両手で文庫を確保した。予想どおり紙ではなくプラスチック製だ。カントの『純粋理性批判』の装丁だった。著作権切れの本ばかりが、ブックボックスの第一弾ラインナップに選ばれ、すでに販売されている。

ブックボックスを開けた。新聞の切れ端が詰めこんであるのは、振ったときになかの物体が音を立てないようにするためだろう。真鍮《しんちゅう》製のアンティーク風、大きめの鍵が横たわっていた。

佐々木が目を瞠《みは》った。「なんと。その鍵はひょっとして……」

証拠品としていったんポリ袋におさめる、警察はそんなふうに扱うかもしれない。時間の無駄だった。李奈は鍵をつかむや立ちあがり、また中庭へと駆けだしていった。

隠された鍵を手にいれた。いにしえの社会思想社のゲームブックを連想させる。

捜査員たちがまだ塔に群がり、扉に悪戦苦闘している。李奈はそこへ走り寄った。「どいてください！」

驚きの顔で身を退かせた刑事らの隙間を縫い、李奈は扉の真正面まで潜りこんだ。把っ手の下に鍵穴があった。鍵を挿しこむとぴたりと合った。捻《ひね》ったとき解錠の音が響いた。李奈はつかんだ把っ手を引き、扉を開け放った。

異臭が充満していた。暗がりのなかは雑多な物であふれている。暖炉用の薪《まき》の束、鍋《なべ》やバーベキューコンロ、折り畳まれたミニテーブル。それらのなかに横たわる、砂埃《すなぼこり》まみれの痩《や》せ細った身体があった。ガムテープをミイラのごとく全身に巻かれ、身動きがとれずにいる。服はぼろぼろになっていた。かすかな唸《うな》り声を発した。猿ぐつわを嚙《か》まされている。薄汚れた顔は擦り傷と痣《あざ》だらけだが、もう枯れ果てていたとおぼしき涙が、いま大粒に膨れあがった。李奈と目が合ったからだとわかった。その潤《うる》んだ純粋なまなざしには見覚えがあった。

「帆夏さん！」李奈はひざまずいた。自由のいっさいを奪われた帆夏を助け起こす。

衰弱しきっている帆夏は、身体に力が入らないらしい。とてつもなく重かった。それでも李奈は帆夏を抱き寄せた。帆夏の震えがつたわってくる。嗚咽《おえつ》を漏らすのが耳に届いた。李奈を認識したのはあきらかだ。心の底から安堵《あんど》したのも。

山崎が前のめりに飛びこんできた。李奈とともに帆夏を支えつつ、後方の捜査員らに山崎は呼びかけた。「救急車！」

猿ぐつわやガムテープから解放するより、まずここから外へ運びだすのが優先される。大勢の警察官らが、そっと帆夏の身体を持ちあげる。帆夏が目を瞬《しばた》かせるたび涙がこぼれる。李奈は微笑みかけた。よかった、生きていてくれて。

救急救命士らが中庭にストレッチャーを押してきた。帆夏がそこに寝かせられる。李奈はひとり塔の扉の前にたたずみ、救命作業を見守った。

ところがそのとき、李奈はいきなり背後から羽交い締めにされた。別の誰かが物置のなかに潜んでいたらしい。李奈は思わず悲鳴をあげた。

刑事たちがいっせいに振りかえった。どの顔にも驚愕《きょうがく》のいろが浮かんでいる。佐々木が目を瞠った。「蛭井!?　そんな馬鹿な！」

筋骨隆々の太い腕が李奈の喉《のど》もとに絡みつき、強く絞めあげてきた。振りかえるのは不可能だが、かなりの巨漢だとわかる。

李奈の頭上で蛭井が低い声を発した。「留置場にいるはずだって？　俺がそんなところでじっとしてると思うか」

山崎は腰の後ろに片手をまわしたものの、拳銃《けんじゅう》を抜いたりはしなかった。もう一方の手を伸ばし、蛭井を牽制《けんせい》しながら、緊張の面持ちで山崎が告げた。「落ち着け。この状況をよく見ろ。逃げられはしない。人質を解放しろ」

「うるせえ！」蛭井の不敵な声が響き渡った。「この埠頭《ふとう》の先に船をまわせ。キャビンクルーザーの燃料を満タンにし、エンジンをかけた状態で待機させろ。係留はするなよ」

李奈は恐怖に震えながらうったえた。「ひ、蛭井さん……。きいてください。係留しない船は接岸せずに、沖へ離れていくでしょう。乗れなくなりますよ」

「杉浦李奈さんだったな。あんたは余計な心配しなくていい。俺と一緒に南国の島へ行き、原稿執筆で稼いでもらう。命は保証してやる」

「そんな……。どこか外国から原稿をメールで日本へ送るんですか？　印税の受け取りは？　振り込みなんか遮断されると思います。現金を送ってもらったら居場所もばれるでしょうし」

「あんたは頭がよく働くな。その調子で今後も参謀を頼むぜ。ふたりで新しい赤色団を構築すりゃいい」

張り詰めた空気が漂う。刑事たちはみな片手を後ろにまわしている。金属製のさすまたを構える警官もいた。だが包囲はいっこうに狭まらない。

佐々木がじれったそうに呼びかけた。「蛭井！　船など用意はできん。おまえはここで逮捕される運命だ」

「残念ながらそうはならねえんだよ」蛭井はこぶしの親指をわずかに浮かせ、握りこんだ小型機器の存在をしめした。「ログハウスの地下に十トンのTNT火薬が埋めてある。おまえらもなにもかも一瞬で吹っ飛ぶぜ」

「よせ！」佐々木は怒鳴った。「きさま、どこでどうやってそんな物を」

警官らがひるんだ。李奈もすくみあがった。だが怖《お》じ気《け》づいてばかりはいられない。ストレッチャーはまだ近くにある。爆発が起きれば帆夏まで巻きこんでしまう。

小説で得た知識が李奈の身体を突き動かした。李奈はすばやく上体をひねり、蛭井の顎《あご》を肘《ひじ》打ちで突きあげた。頭上から唾液《だえき》が飛び散り、呻《うめ》き声がきこえる。蛭井はわずかにのけぞったものの、致命傷はあたえられていない。けれども李奈にとっては承知のうえだった。肘打ちはあくまで敵をひるませるために放ったにすぎない。緩んだ握力のなかで、李奈はあるていど動作の自由を得た。伸びあがるや蛭井の首に後方から腕をまわし、ヘッドロックの体勢に抱えこむ。レスリングの首投げの要領で、李奈は蛭井の体重を腰に乗せ、勢いよく前方へ投げた。蛭井はもんどりうち、背を地面に叩《たた》きつけた。起爆用の遠隔スイッチは蛭井の手を離れ、遠くに飛んだ。

捜査員らがどよめいた。山崎がうわずった声を発した。「杉浦先生……。その技は⁉」

蛭井が苦悶《くもん》の表情で仰向《あおむ》けに倒れている。歯を食いしばりながら蛭井が吐き捨てた。「畜生。ジークンドーか」

「ちがう」李奈は平然と見下ろした。「JKDじゃなくJK。ジョアキム・カランブーの法則」

「なんだと……。まさかおまえ、あの島の生き残りだったのか⁉」

口の端から血を滴らせた蛭井が、むきになり跳ね起きた。服の下から鉄パイプを引き抜き、激昂《げきこう》をあらわに李奈に襲いかかる。だが李奈は冷静に間合いを見切り、猛然と旋風脚、すなわち中国拳法の回し蹴《げ》りを浴びせた。踵《かかと》が蛭井の顔面に命中すると、巨体は木の葉のごとく高々と宙を舞った……。

19

李奈はあきれてゲラの束を事務机の上に投げだした。「ジャンルが変わってる」

KADOKAWA富士見《ふじみ》ビルの編集部内、菊池の机の前に李奈は着席していた。隣の椅子には高円寺《こうえんじ》系の前衛ファッションの塊が座っている。白濱瑠璃は脚を組み、悪びれたようすもなくきいた。「やっぱ駄目?」

「駄目もなにも事実に反してます。物置から帆夏さんを助けだしたところまでは、ちゃんと事実を踏まえてるのに、その先はなに?」

「なにって」瑠璃は苦笑した。「クライマックスでしょ。人質が救出されて、それで終わりって、とても陳腐で尻切《しりき》れトンボじゃない? 多少は盛りあがりを足したって問題ないって」

「蛭井って人、わたしもニュースで顔写真を見たけど、小柄で卑屈そうな中年でしょ。赤色団自体がただの小規模半グレ集団なのに、十トンのTNTとか……」

「じゃ、どういう展開ならよかった? 地中から武装集団が飛びだすとか?」

「何時間もかけて当時のことを話したじゃないですか。佐々木さんたちも拳銃なんか持ってませんでしたよ。真実だけを踏まえて小説化するって約束だったのに」李奈はゲラに朱《あか》ペンを這《は》わせた。「〝大勢の警察官らが、そっと帆夏の身体を持ちあげる。帆夏が目を瞬《しばた》かせるたび涙がこぼれる。李奈は微笑みかけた。よかった、生きていてくれて。〟ここで終わり。あとはぜんぶトル」

瑠璃は身を乗りだし、朱ペンをひったくった。李奈の書いた〝トル〟を消し、〝ママでイキ〟と追加した。

李奈は思わず吹きだした。「ちょっと」

「あのさ」瑠璃も笑っていた。「そこまでだと角川文庫で272ページぐらいなんだって。九巻までの『écriture　新人作家・杉浦李奈の推論』は、どれもだいたい300ページ前後でしょ？　ちょっと短い」

周りでは社員らが立ち働いている。菊池も別のゲラを手に近くをうろついていた。

「そうだね。シリーズでおおまかに長さは統一してほしい」

「はい？」李奈は菊池を見上げた。「この展開に賛成なんですか？　わたしが投げ技と回し蹴りをするのが？」

「きみは文学を読んだ知識を生かすだろう。ここもそんな場面じゃないか？」

「ありえないですって。この日はブックボックスに鍵《かぎ》が隠してあることぐらいしか気づきませんでした」

もうずいぶん前のことに思える。帆夏はとっくに退院し、仕事にも復帰している。美玲も問題なくドラマにCMにと活躍がつづいていた。

週刊誌には事件の真相が綴《つづ》られた。杉浦李奈による捜査への貢献について、どの記者も延々と書き立てた。だからいまさら一部始終を小説化したところで、セールスポイントに欠けるのはわからないでもない。それでも格闘のくだりを捏造《ねつぞう》するのには賛同しかねる。運動は苦手だし、暴力も大嫌いなのに。

瑠璃が不満げに首をかしげた。「33ページの伏線だけどさー。震度五で書棚から滑りでる恐れって、あまりにも見え透いてない？　終盤もまんまの伏線回収って感じ。そもそも講談社の編集さんとの会話がわざとらしい」

李奈は異議を唱えた。「ほんとのことだからしょうがないんです」

菊池が瑠璃を見下ろした。「シリーズ通していえることだが、俺が性悪に描かれてないか」

「事実を踏まえろって李奈がいうし」

「ちょっと」李奈は苦言を呈した。「白濱さん。これじゃ〝信頼できない語り手〟になっちゃってる」

「このシリーズはぜんぶ杉浦李奈の視点で統一されてるからね。ほかのキャラの視点に切り替わらない。せいぜい李奈が〝信頼できない語り手〟ってことになるだけ……」

「そんなの困ります。なんにせよこの追加ぶんは駄目でしょ。ジョアキム・カランブーの法則って『JK』？　無断で設定を借用したら……」

「無断じゃないよ」瑠璃は平然といった。「あれを書いたのはわたし」

思わず言葉を失う。李奈は瑠璃を見つめた。「白濱さんの作品だったんですか？」

「そう。文体見てわからなかった？」

たしかに文章表現や韻律が同じかもしれない。李奈は軽く混乱した。「だけどそれなら『高校事変』や『探偵の探偵』は……」

菊池が首を横に振った。「それらはまた別々の作家だよ。全員、担当編集は俺だから、校正時にあていど文体を統一してる」

「でも著者名は……」

「松岡《まつおか》某《なにがし》ってのはいないんだよ。東映の八手《やつで》三郎《さぶろう》と同じく共同ペンネームみたいなもんでね。でなきゃ毎月だせるはずがない」

瑠璃が鼻を鳴らした。『八月十五日に吹く風』と『万能鑑定士Q』がおんなじ作者のはずがないよね。Qシリーズは莉子さんの旦那《だんな》さんの著書でしょ」

「そう」菊池があっさりと認めた。「あの当時、小笠原君はうちの社員だったからね。副業禁止だから共同ペンネームが重宝する」

そこは『万能鑑定士Qの探偵譚』の〝読者への挑戦状〟に明記してある。ただしそれ以外は初耳だ。知らないこともあるものだと李奈は感心した。「白濱さん。もう専業作家で生計立ててるんですね」

「そんなに儲《もう》かってないよ。わたしが書いたのは『JK』シリーズだけだし、ほかは『高校事変 II』のアイディア提供ぐらい。『écriture』を早く発売してくれないかなぁって。こんなに書きためてるのに一巻はまだでないし」

菊池がとぼけた顔で応じた。「十数巻の契約だろ。少なくとも十巻まで書き上がってから営業と相談しながら刊行時期をきめる」

李奈は戸惑った。「帆夏さんが無事に帰ってきて一件落着、そこまでで十巻ぶんの事件になったけど、あとはどうするつもりですか？」

瑠璃はゲラを手もとに引き寄せると、朱ペンで校正に取りかかった。「そのうちまたいくつも事件が起きるでしょ。頑張って、李奈」

「頑張るって……」

「わたしはあなたを尊敬してる。作家としても、人としても」

いったん離れていった菊池が、コーヒーカップを片手に戻ってきた。「杉浦さんの新作文芸、期待してるよ。またベストセラーまちがいなしだけど、今度こそ文学賞をめざそうじゃないか」

呆気《あっけ》にとられながら李奈は腰を浮かせた。事実は小説より奇なりとは、まさにこのことだろう。編集部の出口へと向かいかけ、ふと足がとまる。李奈は瑠璃を振りかえった。瑠璃は菊池の机で、ゲラに朱ペンを走らせている。菊池がその肩越しに文面をのぞきこむ。

小説家ならではの日常風景。ここはKADOKAWAの編集部、彼女は望みどおりの毎日を歩みつつある。作家として、人として尊敬すると瑠璃はいった。お世辞であっても嬉《うれ》しい。彼女が道を見失わずに済んだのだから。この仕事をしていて、少なくともひとりは確実に、幸せへと導けた。そんな自負を抱いても罪にはならないだろう。

李奈は控えめな充足感とともに編集部をでた。エレベーターホールへ向かいながら、奮い立つものを感じる。負けてはいられない。幸運にも『十六夜月』の成功を機に、小説家として生きていけるめどがついた。純文学であっても大衆文学であっても、さらなる高みをめざしたい。挑戦に終わりなんかない。

瑠璃が今後の「écriture　新人作家・杉浦李奈の推論」シリーズについて、すべてきちんと事実だけを踏まえて書くと約束してくれた。ただし今回の格闘のくだりは、収録したうえでその後の編集部でのやりとりまで載せたいといいだした。李奈はやれやれと承諾した。『ドラゴンクエスト　ユア・ストーリー』みたいにならなければいいのだが。

20

池袋ナンジャタウンでの『初恋の人は巫女だった』フェアの初日、李奈もよそ行きのドレスを着てでかけた。

原作者の那覇優佳はいっそう派手な装いで、嬉々《きき》として報道陣の囲み取材を受けている。アニメ『初恋の人は巫女だった』の視聴率は絶好調ですね、そういわれた優佳は満面の笑みだった。少し離れた場所で、悔し顔でたたずむ曽埜田璋を、李奈は苦笑しながら慰めた。

翌日は李奈の新刊が発売になる。優佳は一緒に都内の大型書店を巡ろうと誘ってきた。お互いの発売日にはいつもそうしてきた。けれども李奈は、今回はいったん見送りたい、そういった。

ナンジャタウンの一角、『初恋の人は巫女だった』コンセプトカフェのテーブルで、李奈は優佳に打ち明けた。「じつはいったん実家へ帰るの」

「マジで!?」優佳は目を丸くした。「三重県のおうちに？　ずいぶんひさしぶりじゃない？」

「そう。たまにはいいかなと思って」

「それはいいことだよね。でもさ」

「なに？」

「あんなに嫌がってたのに、どういう風の吹きまわし？　あ」優佳がふとなにかに気づいた顔になった。「だけど……。お母さんとはそれなりに打ち解けたんだっけ。お父さんとは？」

「そこが問題……」

李奈は言葉を濁した。いまだ自分の気持ちははっきりしていない。両親とのどんな関係を求めているのだろう。二十五歳はもう目前だった。大人になったといえるだろうか。だとすれば今後、両親とどう向き合っていけばいい。

丹賀父子の事件が暗い影をひきずる。親に殺されたくないと焦りだしたわけではない。李奈の親はさすがにそんな人たちではない。けれども通じあうことの重要さを知った気がする。

翌朝は快晴だった。バルコニーから眺める大空には、抜けるような青さが澄みきっている。李奈は旅行用トランクを転がし、阿佐谷のマンションをでた。新幹線で名古《なご》屋《や》へ行き、近鉄《きんてつ》の特急に乗り換える。各駅停車とバスを乗り継ぎ、実家近くの幹線道路沿いに降り立った。

空気が綺麗《きれい》だった。クルマの通行はごく少ない。低く連なる山々がいろ鮮やかな紅葉に染まる。街路樹のどの葉も赤らみ、涼しい秋風にそよいでいた。うっすらとした雲が斜めに流れていく。辺りは見渡すかぎりの田んぼだ。刈られた稲の切り株のあいだを、黄いろい藁《わら》が埋め尽くす。枯れ草の上で猫がひなたぼっこする。

物心ついたときにはこの風景に馴染《なじ》んでいた。家の周りはどこへ行っても肥料くさい。素朴な田舎そのものの環境で、都会に憧《あこが》れながら、いつも徒歩で学校に通った。街にある書店の新刊コーナーを、別世界へ通じる窓口のように感じていた。

李奈はふと立ちどまった。ひとけのない一帯のなか、ふたりがこちらに歩いてくるのが見える。遠く離れていても、母と父なのはあきらかだった。

並んで歩く男女。ずっとむかし、若いころからそうしてきたにちがいない。なぜかそんな思いが李奈の胸をかすめた。

小説家だからこそ育つ想像力がある。子の視点から描く文学作品においては、父母はいつも父母でしかない。それ以上を考えるのはどこか怖い。けれども一歩踏みこんでみれば、おのずとわかってくることがある。いや、初めからわかりきっていたことだ。両親がいまの李奈ぐらいの歳のころは、互いに愛し合う男女のカップルだった。結ばれてからもそれは変わらない。でなければあんなふうに、ふたりの歩調が自然に合ったりはしない。

大人をずっと大人だと思ってきた。でも親も人間だ、限界もある。もう理解してあげるときかもしれない。思春期などとっくに卒業して久しいのだから。

旅行用トランクをひきずり、李奈はふたたび歩きだした。しだいに距離が縮まってくる。お互いどんな顔をしているのか間もなく判然とする。笑顔でいようと李奈は思った。生まれたとき李奈は泣いていたはずだ。反抗期にはいつも怒ってばかりいた。いまはふたりともきっと、そうでない娘と出会いたがっている。

解説

千《せん》街《がい》晶《あき》之《ゆき》（ミステリ評論家）

二〇二一年から文庫書き下ろしで始まった松岡圭祐《まつおかけいすけ》の「écriture 新人作家・杉浦李奈の推論」シリーズも、本書『écriture 新人作家・杉浦李奈の推論X 怪談一夜草紙の謎』でいよいよ十作目を迎えた。

主人公の杉浦李奈《すぎうらりな》は、初登場時二十三歳、現在は二十四歳のライトノベル作家。三重県から単身上京したが、小説だけでは食べていけないのでコンビニでアルバイトをしつつ、当初は阿佐ヶ谷《あさがや》駅から徒歩十七分のアパートで暮らしていた。第一作『écriture 新人作家・杉浦李奈の推論』で人気作家・岩崎翔吾《いわさきしょうご》の盗作疑惑を解明したのを皮切りに、文学に関する豊富な知識をもとに怪事件を次々と解決している（自身が事件に巻き込まれる場合も、彼女の名探偵ぶりを知る警察から内密で協力を依頼される場合もある）。やがて、同じ阿佐谷《あさがや》にある1LDKのマンションに転居し、第九作『écriture 新人作家・杉浦李奈の推論 IX 人の死なないミステリ』

で一気にベストセラー作家になり、本書の冒頭では2LDKのマンション（場所は同じ阿佐谷だが、転居のたびにだんだん駅に近づいてきている）に引っ越したものの、コンビニでのアルバイトは続けている。

このシリーズには、架空の文学作品が謎に絡むパターンと、実在の文学作品が関わってくるパターンとがある。後者の例としては、芥川龍之介《あくたがわりゅうのすけ》の童話「桃太郎」が連続殺人の現場に置かれていた第六作『écriture 新人作家・杉浦李奈の推論 VI 見立て殺人は芥川』がそれにあたる。本書もまた後者に属する作品であり、タイトルにあるように、岡本綺堂《おかもときどう》の「怪談一夜草紙」（一九三三年）が作中の事件と密接な関わりを持っている。

といっても、「怪談一夜草紙」と言われてどんな作品だったか、すぐに思い出せる読者がどのくらいいるだろうか。もちろんミステリファンならば、綺堂が捕物帳の草分け『半七捕物帳』の作者であることはご存じだろう。しかし、怪談方面の作品まで目を通しているひとが多いとは思えない。そのため、本稿では綺堂の執筆したミステリと怪談について簡単に触れておくことにする。

岡本綺堂（一八七二～一九三九年）は新歌舞伎《しんかぶき》を代表する劇作家として『修禅寺物語』などを執筆、一方で江戸《えど》の風俗・文化に関する知識を活《い》かした『半七捕物帳』などの時代小説でも人気を博した。また、怪談小説の名手としても知られる——と紹介すると、『半七捕物帳』のような時代ミステリと、怪談小説とを別々に執筆していたように思われるかも知れないが、実は綺堂の作品系列において、ミステリと怪談は表裏一体に近い関係にある。

例えば『半七捕物帳』の第一話である「お文の魂」（一九一七年）は、小石川《こいしかわ》にある武家屋敷で、妻女と娘がお文と名乗る女の幽霊に悩まされる——という怪奇現象の裏に隠されたからくりを、「彼は江戸時代に於《お》ける隠れたシャアロック・ホームズであった」と形容される岡っ引きの半七が合理的に解明するミステリである。ところが、この「お文の魂」には「お住の霊」（一九〇二年）という原型が存在する。そちらでは、発端こそ共通するものの、結末では武家屋敷で過去に起きた忌まわしい出来事に起因する幽霊の出現だったという説明がなされているのである。しかも、書き出しは「これは小生《わたくし》の父が、眼前《まのあたり》に見届けたとは申兼《もうしかね》るが、直接に其《その》本人から聞取《ききと》った一種の怪談で今はむかし文久《ぶんきゅう》の頃の事」となっており、実話怪談めかした印象を狙っているのだ。

また、「真鬼偽鬼」（一九二八年）という小説は、ある殺人事件の取り調べを担当している南町奉行所の与力が、夜道でその事件の被害者の霊から「旦那《だんな》の御吟味《ごぎんみ》は違って居《お》ります。これではわたくしが浮《うか》ばれません。」と声をかけられる場面から始まる。気になった与力は事件の再吟味を開始して真相を解明し、被害者の霊に扮《ふん》した者の正体をも暴く。そこで終わっていればミステリだが、事件はまるで幽霊が介在したかのような、理外の理とも言うべき不気味な決着を迎えるのである。

このように、綺堂の作品ではミステリと怪談が截然《せつぜん》と分かれているのではなく、ないまぜになっている場合が散見されるのだ。『怪談一夜草紙』もまた例外ではない。

本書には「怪談一夜草紙」がまるまる収録されているのだが（そんなに長い話ではない）、その内容を要約すると――

幕末の文久二年、江戸の本郷《ほんごう》にあった妙蓮寺《みょうれんじ》という寺の前に、浅井宗右衛門《あさいそうえもん》という浪人が息子の余一郎《よいちろう》とともに住んでいた。彼らが越してきた頃、近所の人々は「あの人たちも今に驚いて立ち退くだろう。」と噂していた。というのも、その家は何か祟《たた》りがあるらしく、五、六年のあいだに十人ほど居住者が変わっていたのだ。ところが、七、八年経っても浅井親子の身には何も起こらず、悪い噂も自然と消えてしまった。

やがて、宗右衛門が昔いた藩に再仕官することが決まり、近所の人々を集めて祝宴を開いた。それは五月半ばの雨の晩で、浅井家の家には十人ばかりの客と、手伝いを頼まれたお豊《とよ》とお角《すみ》という二人の娘が呼ばれていた。夜遅く、裏口の戸を叩《たた》く音が聞こえたので、お角が様子を見に行った。続いて再び戸を叩く音が聞こえたため、今度は息子の余一郎が見に行った（本書の引用では一度目は「裏口の戸」、二度目は「裏の戸」となっているが、現在入手可能な中公文庫版『怪獣　岡本綺堂読物集七』と平凡社ライブラリー版『お住の霊　岡本綺堂怪異小品集』ではいずれも二度目は「表の戸」となっている）。そのまま、お角も余一郎も戻ってこず、そのまま姿を消してしまったのだ――。

ここで終わっていれば怪談だが、そのあとで種明かしが行われる（余談だが、綺堂が二歳から四歳の頃に岡本家が住んでいた元旗本の古屋敷は、近所では化物屋敷と呼ばれていたそうだが、一家が住んでいるあいだは何の怪異も起こらなかったという）。

さて本書では、杉浦李奈がこの「怪談一夜草紙」によく似た事件に遭遇するのだ。

李奈は丹賀《たんが》文学塾を主宰する純文学作家・丹賀源太郎《げんたろう》から宴《うたげ》に招待された。彼と全く面識がない李奈は訝《いぶか》しむが、招待客の中に丹賀文学塾の塾生はおらず、李奈以外に招かれた三人の小説家も源太郎とは初対面だという。源太郎には笠都《りゅうと》という息子がおり、父以上の売れっ子小説家になっているが、その作風は極端かつ過激な差別主義に満ち溢《あふ》れている。源太郎は息子の作風を認めていないが、笠都の稼ぎのおかげで丹賀文学塾が存続していたのも事実だった。その塾を、源太郎は解散することにしたのだという。

　宴に集ったのは丹賀父子《おやこ》、李奈たち四人の小説家のほか、笠都が手伝いとして呼んだ芸能人の樫宮美玲《かしみやみれい》と小山帆夏《こやまほのか》、マネージャーの枡岡《ますおか》という顔ぶれである。その宴の最中、勝手口を叩く音がして、様子を見に行った帆夏は戻ってこなかった。そして、再び叩かれた勝手口へと向かった笠都までも姿を消してしまったのだ。

「怪談一夜草紙」とこの事件とを対比するならば、浅井宗右衛門が丹賀源太郎、息子の余一郎が笠都、お角が小山帆夏、お豊が樫宮美玲ということになる。事件はその後、「怪談一夜草紙」とは異なる展開を見せるのだが、やはり本書のポイントは、これが本当に見立てなのだとすれば、どうして「怪談一夜草紙」という、岡本綺堂の中でもメジャーとは言えない作品を選んだのかという点だろう。誰も「怪談一夜草紙」とそっくりなシチュエーションだと気づかなければ、見立てが見立てとして成立しないのだから。

　李奈は相変わらずの鋭い洞察で、表向きの人間関係に隠された意外な構図を喝破してみせる。のみならず、ラストではシリーズの設定自体の根幹に関わる驚愕《きょうがく》の事実（？）まで明かされるのだから、著者のファンならずとも読むべき一冊と言えるだろう。

本書は書き下ろしです。

この物語はフィクションであり、登場する個人・団体等は、現実と一切関係がありません。

écriture《エクリチュール》　新人作家《しんじんさつか》・杉浦李奈《すぎうらりな》の推論《すいろん》 X
怪談一夜草紙《かいだんいちやぞうし》の謎《なぞ》
松岡圭祐《まつおかけいすけ》

令和5年 10月25日　初版発行

発行者●山下直久

発行●株式会社KADOKAWA
〒102-8177　東京都千代田区富士見2-13-3
電話　0570-002-301（ナビダイヤル）

角川文庫 23859

印刷所●株式会社暁印刷
製本所●本間製本株式会社

表紙画●和田三造

ISBN 978-4-04-114332-2　C0193

◇◇◇

角川文庫発刊に際して

角川源義

第二次世界大戦の敗北は、軍事力の敗北であった以上に、私たちの若い文化力の敗退であった。私たちの文化が戦争に対して如何に無力であり、単なるあだ花に過ぎなかったかを、私たちは身を以て体験し痛感した。西洋近代文化の摂取にとって、明治以後八十年の歳月は決して短かすぎたとは言えない。にもかかわらず、近代文化の伝統を確立し、自由な批判と柔軟な良識に富む文化層として自らを形成することに私たちは失敗して来た。そしてこれは、各層への文化の普及滲透を任務とする出版人の責任でもあった。

一九四五年以来、私たちは再び振出しに戻り、第一歩から踏み出すことを余儀なくされた。これは大きな不幸ではあるが、反面、これまでの混沌・未熟・歪曲の中にあった我が国の文化に秩序と確たる基礎を齎らすためには絶好の機会でもある。角川書店は、このような祖国の文化的危機にあたり、微力をも顧みず再建の礎石たるべき抱負と決意とをもって出発したが、ここに創立以来の念願を果すべく角川文庫を発刊する。これまで刊行されたあらゆる全集叢書文庫類の長所と短所とを検討し、古今東西の不朽の典籍を、良心的編集のもとに、廉価に、そして書架にふさわしい美本として、多くのひとびとに提供しようとする。しかし私たちは徒らに百科全書的な知識のジレッタントを作ることを目的とせず、あくまで祖国の文化に秩序と再建への道を示し、この文庫を角川書店の栄ある事業として、今後永久に継続発展せしめ、学芸と教養との殿堂として大成せんことを期したい。多くの読書子の愛情ある忠言と支持とによって、この希望と抱負とを完遂せしめられんことを願う。

一九四九年五月三日

「écriture《エクリチュール》」シリーズ
読者人気投票

1位 ／ écriture　新人作家・杉浦李奈の推論 Ⅳ　シンデレラはどこに

2位 ／ écriture　新人作家・杉浦李奈の推論 Ⅸ　人の死なないミステリ

3位 ／ écriture　新人作家・杉浦李奈の推論 Ⅶ　レッド・ヘリング

4位 ／ écriture　新人作家・杉浦李奈の推論 Ⅵ　見立て殺人は芥川

5位 ／ écriture　新人作家・杉浦李奈の推論 Ⅷ　太宰治にグッド・バイ

6位 ／ écriture　新人作家・杉浦李奈の推論 Ⅴ　信頼できない語り手

7位 ／ écriture　新人作家・杉浦李奈の推論 Ⅱ

8位 ／ écriture　新人作家・杉浦李奈の推論 Ⅲ　クローズド・サークル

9位 ／ écriture　新人作家・杉浦李奈の推論

※KADOKAWA公式サイト（https://promo.kadokawa.co.jp/matsuokakeisuke/）でのアンケート集計。「écriture　新人作家・杉浦李奈の推論 X 怪談一夜草紙の謎」は集計後の刊行のため結果に含まれておりません。

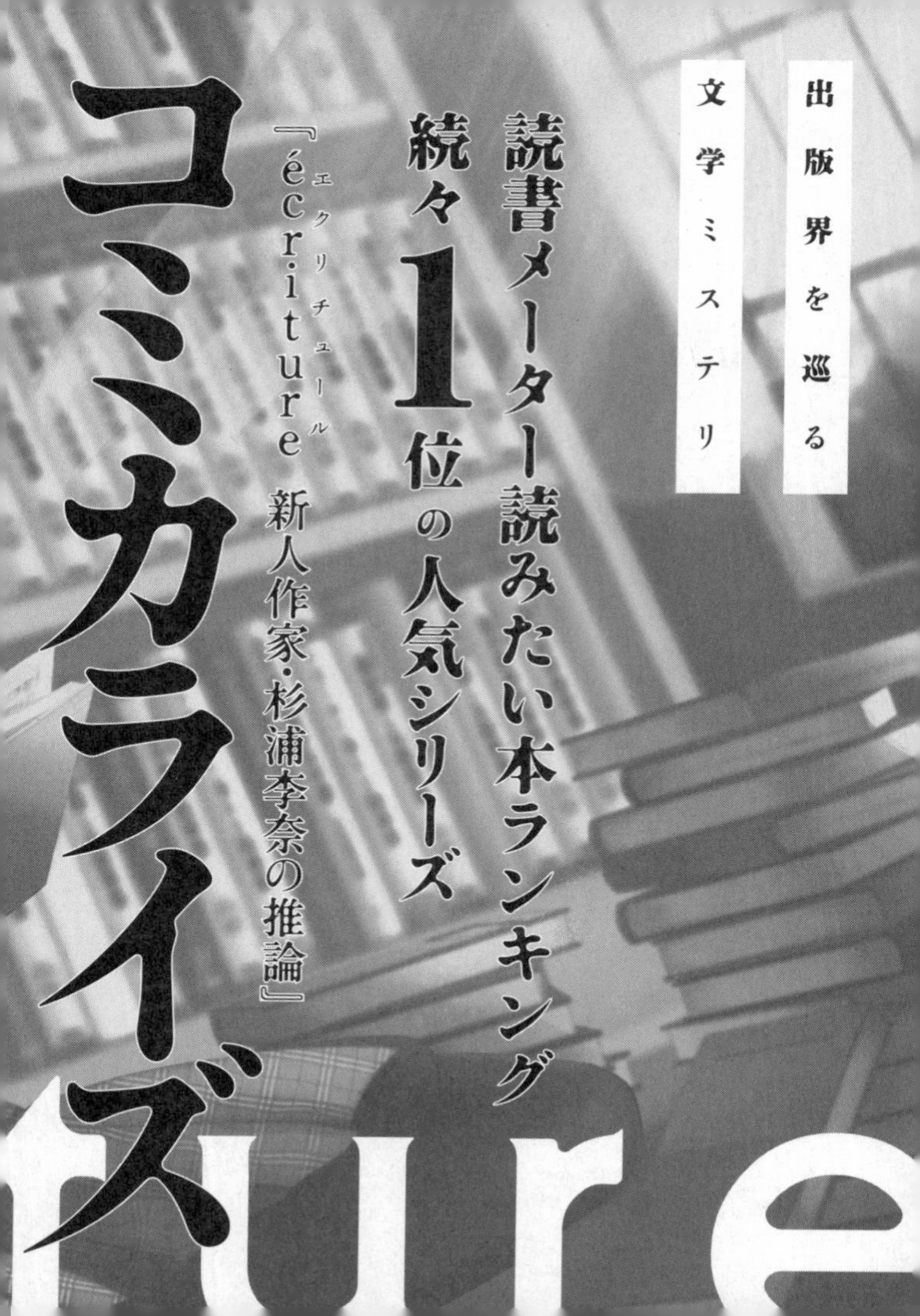
出版界を巡る
文学ミステリ
読書メーター読みたい本ランキング
続々1位の人気シリーズ
『écriture《エクリチュール》 新人作家・杉浦李奈の推論』
コミカライズ
ture

ヤングドラゴンエイジ
YOUNG DRAGON AGE
始動!!
「ヤングドラゴンエイジ」2023年6月末発売号から好評連載中!!
原作：松岡圭祐
漫画：ぬそ

ビブリオミステリ最高傑作シリーズ！

好評既刊

écriture《エクリチュール》 新人作家・杉浦李奈の推論 I～VIII／松岡圭祐

角川文庫

驚天動地の展開！
この巻の為にシリーズはあった

『高校事変17』

松岡圭祐

2023年11月24日発売予定

発売日は予告なく変更されることがあります。